BoD

AF188942

Herstellung und Verlag:
BoD – Books on Demand, Norderstedt
ISBN: 978-3-7504-0518-9

Man trifft sich im Leben immer zwei Mal, hat die Daisy zum Hubert gesagt. Und wie Recht die Daisy gehabt hat. Denn wen sie dann alles in Südtirol getroffen haben, die Daisy und der Hubert, und was alles passiert ist, die Leichen, der Mordverdacht und und und, also damit hat vorher niemand gerechnet. Im Herbst, wenn die bunten Farben zum Himmel tanzen, ist Südtirol am schönsten, und das wissen auch eingefleischte Bibionefans aus dem Ruhrpott, zum Beispiel die Daisy und der Hubert und der Emil und und und, und dann fährst du noch im matschigen Neuschnee über den Brenner, und kaum hast du Sterzing hinter dir gelassen, schon strahlt dir mit einem breiten Grinsen der ganze Süden ins Gesicht, und plötzlich spürst du wie dein Auto wie von selbst fährt, und in Bozen verlässt du die Autobahn, Weinstraße Richtung Kaltern, strahlender Sonnenschein, Südtirol im Oktober, und jetzt kann´ s losgehen…

Lothar Schenk wurde 1954 in Borken geboren und lebt in Kirchanschöring.

Lothar Schenk

Zerbrochene Sommer

Südtirol Krimi

Books on Demand

Ausführliche Informationen über den Autor
und seine Bücher finden Sie auf seiner
Website
<u>lothar-schenk.jimdo.com</u>

Ähnlichkeiten mit noch lebenden oder
bereits verstorbenen Personen sind nicht
beabsichtigt und rein zufälliger Natur.
Alle Personen und Handlungen in diesem
Buch hat der Autor frei erfunden.

1 Knochenschnee

Bloß das nicht, wird der ehemalige Knochenbesitzer vermutlich gesagt haben, bevor er diesen Planeten verlassen musste, und wenn du bedenkst was für Fragen: Frage Mord, Frage weiterer Ötzi, Frage Außerirdischer, Frage und und und, und so eine Frage muss alles, ohne jede klitzekleine Einschränkung, weil wenn du bedenkst, was ein nicht zuordnbarer Knochen für alle Beteiligten anrichten kann, wenn der ehemalige Besitzer und die Umstände und und und nicht ermittelt werden können, das kann einen Sherlock schon ganz schön beanspruchen.

Also pass auf. Die Daisy, der Hubert, der Emil und der Jacko wandern Richtung Voraner Alm. Spätherbst. Der Weg zieht sich. Eine Kehre. Noch eine Kehre. Und noch eine. Und immer bergauf. Die Bergschafe beobachten den Emil, folgen ihm oberhalb des Forstweges im lichten Bergwald. „Die gaffen wie die Faune", denkt er. Markante Berggesichter. Wenn die Daisy und der Hubert ihm das vorher gesagt hätten wäre er niemals mitgegangen. Alles wo man auch mit dem Auto hinfahren kann ja, aber bloß keine Wandertouren zu irgendwelchen Hochgebirgsalmen. „Wie auf den Mount

Everest", denkt der Emil, während er sich mit seinem Rucksack hinter der Daisy und dem Hubert herschleppt. So was ist gar nichts für den Emil, da schon lieber in der Herbstsonne vor einem Buschenschank mit Wein und Speckbrot relaxen, und den lieben Gott einen guten Mann sein lassen, aber bloß keine Bergtouren. „Oder diese Bratwürste mit Speck und Kraut, und dazu sonn leichter Roter, da könnte ich mich drin baden", denkt der Emil, und dann muss er erst mal „Halt!" rufen und mitten in der Kurve auf dem Forstweg stehen bleiben, und dann: „Du Daisy! Die Alm. Wie weit is dat denn noch. Ich meine ihr seid ja so Hochgebirgstypen, aber ich bin gleich tot. Meine Beine laufen seit einer Stunde von selber. Da hab ich überhaupt keine Kontrolle mehr drüber".

„Nur noch zweihundert Höhenmeter. Dat schaffst selbst du, Emil."

„Und wie lange is dat, Daisy."

„Weniger als vierzich Minuten."

Der Emil zündet sich eine Zigarette an, drückt sie aber schnell wieder aus. Der Husten und dieses abartige Kratzen im Hals. Wahrscheinlich die Bergluft. Die Daisy und der Hubert gehen langsam weiter, und der Emil folgt ihnen widerwillig.

Und siehst du, das ist der Bergfrust. Deine Beine sind total sauer, und dein Kopf glüht, und dann kriegst du die Wut, denn ohne die Wut könntest du keinen Schritt mehr weiter gehen, und die Wut drückt das heiße Blut aus dem glühenden Kopf nach unten, quasi unteres Überdruckventil, und da staunst du, auf was für Ideen du dann kommst, wenn der Harndruck steigt und die Beine wieder ganz leicht und warm werden: „Hörmal Daisy oder Hubert! Noch wat. Wir sind ja alle nich mehr die Jüngsten. Daisy achtundfünfzig und du sechzig. Jetzt überleg mal. Irgendwann geht dat ja alles nich mehr so. Ich meine dat Reisen, die Berge, und dat alles. Und wennse dann auch noch dement wiers, dann verläufse dich ja sowieso überall. Ich meine hier in Südtirol wär dat ja im Alter nicht schlecht, aber dafür musse ja inzwischen fast schon Millionär sein, kuck mal die Preise. Also ich frag mich, wat is wenn du mal in sonn Heim reinmusst? Zum Beispiel Demenz. Und dann bisse vielleicht noch bettlägerig und has Pflegestufe drei, und du kannst dat alles nich mehr bezahlen. Wat is dann? Da reicht deine Beamten Rente dann auch nicht mehr aus.“

„Pass auf, Emil. Dat is doch alles ganz einfach. Wenn du inn Heim dement bist, also wenn du der ganze Tach nur noch im Bett liegs, und du has nicht die Kohle dafür, dann fragen die erst mal dat Sozialamt, und dat hat nämlich auch keine Kohle mehr, also fragen die

die Kinder, und Kinder has du ja
keine. Und jetzt pass auf, wat dann
passiert. Zuerst geben die dir abends
vorm Essen mit die anderen Medikamente
zusammen den Saft. So. Und die sagen
dat dat für deinen Husten is, stimmt
aber nich. So. Und dann pennst du ganz
schnell ein. Und wennst du dann wie im
Koma schläfst, dann fahren die dich
mit dat Bett mitn Aufzug zuerst inne
Küche runter, und von da fahren die
dich dann durche Gemüsekellertür, ab
aufe Wiese, und da stehse dann, und
wennse am nächsten Morgen noch lebs,
dann kuckse doof. So kommt dat. Wierse
sehn."

„A so, Hubert. Alles klar. Aber
jetzt noch wat. Wann kommt denn die
Alm? Weil ich glaub nämlich, dat dat
gleich schneit, so kalt wie dat is."

„Zwanzig Minuten Emil. Dann sitzen
wa alle am Kachelofen und machen
Brotzeit und trinken Rotwein."

Es hat alles mit dem Licht zu tun,
Lichtblicke, und die hast du besonders
dann, wenn im Herbst die Lärchen ihr
Grün gegen das strahlende Gelb
vertauschen, so als wollten sie den
Sommer nie wieder loslassen, und der
warme Waldboden duftet, aber das wird
sich ändern, denn schon bald werden
die Lärchen ihr leuchtendes Gelb gegen
das helle Braun vertauschen, das den
Winter ankündigt, dann kommen die
ersten Nachtfröste, und es schneit.

Die Bergschafe belauschen die

Unterhaltung sichtlich neugierig, die dürfte ihnen aber ziemlich fremdartig vorkommen, obwohl, hier oben ist ja im Herbst inzwischen auch der Ruhrpottler schon seit Jahren immer häufiger anzutreffen, und auch sein Wettergefühl täuscht ihn immer seltener, das beweist das Schneegefühl vom Emil, denn tatsächlich, kurz bevor sie die Völaner Alm erreichen setzt heftiger Schneefall ein.

Der Jacko, der Hund von der Daisy und vom Hubert, ist weit vorausgelaufen. Vermutlich bis zur Alm. Der Föhn ist komplett zusammengebrochen und der Schnee weht ihnen ins Gesicht. So hatten sie sich das eigentlich nicht vorgestellt, aber nach der nächsten Kehre werden sie schon die Alm sehen, ihre Schritte werden schneller, Vorfreude, die Bergschafe sind im Wald verschwunden, inzwischen liegen mehrere Zentimeter Neuschnee auf dem Forstweg.

Das machen sie jedes Jahr im Herbst. Bergwandern in Südtirol. Es ist meist sonnig, und nicht selten bringt ein kräftiger Nordföhn auch noch einige mediterrane Spätsommertage mit. In diesem Jahr ist das ganz anders. Der Sommerurlaub in Bibione war total verregnet und der Winter kündigt sich früher an als in anderen Jahren. Wann hat es denn um diese Jahreszeit schon geschneit. Vor allem sind sie doch morgens noch bei strahlendem Sonnenschein und kräftigem Nordföhn von Vilpian aus gestartet.

Es gibt verschiedene Möglichkeiten. Du kannst von Vilpian nach Burgstall fahren, und wenn es etwas schneller gehen soll, kannst du mit der Seilbahn hochfahren und dann von der Bergstation Richtung Vöran gehen, echte Bergwanderer nehmen aber neben der Burgstaller Talstation, vorbei an der Kirche, den Fußweg Richtung Vöran. Du wanderst auf einem schmalen kurvenreichen Asphaltsträßchen bergauf, der Weg wird oberhalb der Obstgärten flacher und hinterm Buschenschank „Wieslerhof" zum schmalen nicht asphaltierten Steig, und spätestens ab hier spürst du ein Bergwandergefühl. Wer wenig gefrühstückt hat und ausgezeichnete Eigenbauweine und hervorragende Südtiroler Speisen liebt, sollte sich die Zeit nehmen und im Buschenschank einkehren, draußen an einem der Holztische Platz nehmen, den Blick über das Etschtal und die umliegende Bergwelt schweifen lassen und bei Speis und Trank entspannt genießen, bevor er bergauf Richtung Vöran wandert, aber der Jacko ist gleich weiter gerannt und die Daisy und der Hubert hinterher, also der Emil auch, und die Föhnsonne brennt, und immer dem Jacko hinterher, und dann ist die erste Etappe geschafft, der Ortsrand von Vöran, und von dort geht's weiter bis zur „Leadner Alm": Mittagspause, und jetzt solltest du niemals am gemeinsamen Toilettengang teilnehmen wenn das knusprige Riesenschnitzel mit Bratkartoffeln gerade auf den Tisch gestellt wird, denn der Jacko, die englische Bulldogge, lauert schon unterm Tisch, und wenn du wegen dem Bergpanorama auch noch am allerletzten Tisch ganz abseits sitzt, dann musst du dich nicht wundern, denn dann denkt der Jacko: Jetzt ist günstig!, und kaum sind alle in der Toilette verschwunden, schon springt er unterm Tisch hervor, und mit einem Satz ist er mit allen vier O-Beinen gleichzeitig auf dem Tisch, und happs weg sind die drei großen Schnitzel und die Bratkartoffeln, und das hat aber gut geschmeckt, aber wie.

Und siehst du, das sind die Hundefreunde. Dann essen sie eben nur den Salat und bestellen noch einen Speck und noch eine Karaffe Roten, und der Jacko liegt auf der Wiese in der Sonne: Vollfressschlaf, und eine Stunde später geht´ s dann weiter.

Und jetzt pass auf. Die Vöraner Alm. Kälteeinbruch. Kein Nordföhn mehr. Schneetreiben. Mindestens zehn Zentimeter Neuschnee, und da sitzen die Mountainbiker am Kachelofen und bibbern, und dann kommt der Jacko mit dem Knochen und legt sich unter den Tisch, und der Knochen ist total voll Dreck, quasi ausgebuddelt, und dann

11

lässt der Jacko neben der Daisy den Knochen liegen und legt sich vor den Kachelofen, und die Daisy lässt ihren heißen Tee stehen, hebt den Knochen auf, und der Hubert lässt den Jagertee stehen und schaut, und der Emil lässt seinen Rotwein stehen und schaut, und das musst du dir vorstellen, den Blick von der Daisy, denn die war vor ihrem Unfall mit dem Schulbus, bevor sie danach Frührentnerin wurde, Biologielehrerin am Gymnasium, also Expertin, und dann flüstert die Daisy zum Hubert und zum Emil, und der ist ja Reporter bei der Ruhrpotttimes und hat schon viele Geheimreportagen, quasi Sherlock pur: „Der Knochen!, weisse wat dat is…", und jetzt stell dir den Blick vom Emil und vom Hubert vor, und der Jacko schnarcht vorm Kachelofen, und dann flüstert der Emil: „Meinsse, dat da draußen noch mehr is?", und der Hubert flüstert zurück: „Keine Ahnung".

2 Ecce homo…

Der Emil hat ja sofort so ein merkwürdiges Bauchgefühl gehabt. Anfangs schon, da denkt er noch, den schmutzigen Knochen hat der Jacko bestimmt dem alten Hund geklaut, der hinter der Alm unter der Treppe lag. Aber dann flüstert die Daisy: „Menschlicher Schädelknochen", und der Emil sofort die Story: „Menschlicher Schädelknochen am Vöraner Joch! Neuer Ötzi oder Mord?". Die Daisy packt den Knochen ein wie eine Touristin, die während einer Pharaonengrabbesichtigung ein Artefakt gefunden hat.

„Lass uns zahlen, zu e Steinmmänner schaffen wa dat bei sonn Wetter sowieso nich mehr, da siehse ja überhaupt keinn Weg, gehn wa mal besser zurück", flüstert die Daisy.

Also gut, einstimmig, und der Jacko wirkt auf dem Rückweg schon ziemlich müde, und der Emil auch, und es schneit weiter bis Vöran.

Jetzt was würdest du machen, wenn dir der Jacko den Knochen vor die Füße gelegt hätte, während draußen der Schneesturm tobt und sich die große Rotweinkaraffe wie von Geisterhand geführt immer nur in dein Glas entleert, quasi trink du, und die

Almhütte ist brechend voll, lauter Mountainbiker, einer hat sich sogar ausgezogen und sitzt in der Badehose auf der Ofenbank, und bei dir sitzen eine Biologielehrerin und ein Kunstlehrer mit am Tisch, und dann betrachtet die Biolehrerin den abgenagten Knochen mit dem verklärten Blick einer Polizeipathologin, diese Bioleute schauen ja immer so abwesend wenn sie etwas Bestimmtes suchen, zum Beispiel die Orchideen auf dem Monte Baldo, oder den Affodill in den Abruzzen, oder die Frösche, oder den Porling, oder den Ritterling, oder die krause Glucke, und wenn sie dann den staunenden Zuhörern ihre Ergebnisse verkünden, dann haben sie immer ein ganz spezifisches Glänzen in ihren Augen, und genau dieses Glänzen hatte die Daisy in ihren Augen, als sie flüsternd „menschlicher Schädelknochen" verkündete, und allerspätestens jetzt hätte ich unauffällig den Knochen in ein Tempotaschentuch gewickelt, hätte ihn in meiner Hosentasche verschwinden lassen, und dann wäre ich mit den Worten „Ich geh mal kurz zum Klo" um die Alm Richtung Toilette gelaufen, hätte dann links und rechts geschaut ob keiner kuckt, und dann hätte ich ruck zuck den Knochen mit reichlich Klopapier im Lokus versenkt, danach kräftig Händewaschen, fertig, und zurück in die Alm.

14

Und siehst du, das sind die Geheimreporter, quasi einmal der Sherlock immer der Sherlock, und immer und überall, und wo ist der nächste Fall und wo ist die nächste Geheimreportage, und die Daisy hat immer noch dieses Glänzen in ihren Augen, quasi Sammlerglück, und der Hubert streichelt den Hund, quasi braver Jacko, und auf dem Rückweg hat der Emil dann an der Bergstation der Seilbahn nach Burgstall den Giovanni mit dem Handy erreicht, also der Giovanni ist der Apotheker aus Bibione, der mit dem schlauen Dackel, Kopernikus heißt der, und dann fahren sie zurück nach Vilpian in die Pension, und abends beim „Waldinger" sitzt der Giovanni schon mit dem Kopernikus am Tisch, und ganz große Freude, und der Giovanni hat sich für einige Tage in Vilpian einquartiert.

Im Mittelpunkt des Menüs steht der Ochsenschwanz in dunkler Soße, und dazu wird ein *Lagrein dunkel Riserva* von der Bozener Klosterkellerei *Muri Gries* gereicht.

Das Knochenstück hat die Daisy in der Pension gelassen, und am nächsten Morgen nehmen sie es dort nach dem Frühstück gemeinsam in Augenschein.

3 Kommissar Sanin

Jetzt Frage, wo steckt die Energie, du wirst sagen in der Materie, und gleich nächste Frage, wie holt man die Energie aus der Materie, und dafür gibt es die thermodynamischen Hauptsätze, und jetzt pass auf, was sind die thermodynamischen Hauptsätze vom Kommissar Elvis Sanin, quasi Sherlockgenialität, und da siehst du, wie einfach das geht, Hauptsatz eins: „Wenn ma nit mog, is aunfoch da folsche Tog", und Hauptsatz zwei: „It´s now or never", und das musst du wissen, wenn die Energie wie die Kachelofenhitze aus einem trockenen Buchenscheit entweicht, jetzt denk mal Mordfall, dann lässt sich die Energie aber nicht hundertprozentig nutzen „wenn da folsche Tog is" oder „wenn ma nit mog", und genau für diese energiehemmenden Tage und Situationen hat Kommissar Elvis Sanin seinen Hauptsatz „It´s now or never!" entdeckt, und bestes Beispiel der Knochenfund, denn als der Giovanni seinen alten Freund Elvis nachmittags aus Vilpian auf dem Handy angerufen hat, war genau „da folsche Tog", denn das kannst du dir vorstellen, dass so kurz vorm Mittagessen die angefaulte Wasserleiche aus dem Kalterer See einen stark negativen energetischen Beitrag zum Mittagessen leistet, quasi dass „ma nich mog", und siehst du, so wirkt der zweite thermodynamische Hauptsatz, der Elvis fährt nach Vilpian und die neue Kommissarin, die Polzer Elli, die kann gemeinsam mit dem Pathologen in Bozen die Leiche bearbeiten, und nachdem der Elvis in Vilpian den Knochen von allen Seiten fotografiert und in die Tüte gesteckt und ins Auto gelegt hat, gehen sie abends zum „Waldinger" essen, und da gibt es eine Menge zu erzählen, denn der Kommissar ist ebenfalls Bibionejunkie, quasi Sommerurlaub: Nur Bibione!, und da kennt er natürlich den Giovanni, den Kopernikus, den Emil, die Daisy, den Hubert, den Jacko und und und, und kaum steht die Vorspeise auf dem Tisch, schon hat der Emil eine Vision: „So weit wie sich Streifen am Horizont ziehen, soweit kannse gar nich kucken, noch nich mal mit Zoom, dafür brauchst du einfach extrem viel Phantasie."

Und promt die Antwort: „Ich weiß was du meinst, Emil. Aber du fotografierst ja sowieso alles."

Und retour, der Emil: „Und was hat das jetzt mit den Streifen zu tun, Hubert?"

Und jetzt kommt´ s, der Hubert: „Ne ganze Menge, Emil. Du hast von der Phantasie noch viel länger wat, weil du nämlich Bilder davon machst. Ich male ja auch. Aber dat is doch ganz wat anderes. Mit deinn Camcorder hasse die Bilder von sonn Knochen sofort, und wenn ich sowat male, dann wird dat vielleicht ne junge Frau oder sowat ähnliches, die mit ihrn Hund spielt. Und jetz sind wa nämlich bei Elvis mit seine Computertechnik angekommen. Der nimmt nämlich auch die Digitalfotos, und dann wird im Computer aus sonn Knochenstück zuerst der ganze Kopp, und so wie der dann aussieht, so kommt dann im Computer der ganze Körper hinterher, und sowat nenn ich Computerphantasie und nix Anderes, und ob dat ne Frau oder n Mann war, dat wissen die Pathologen ja auch ganz genau."

Und jetzt pass auf, dem Emil ist schon seit mehr als einer halben Stunde immer wieder der gleiche Gedanke durchs Gehirn gewandert, quasi Gedanke wandert im Kopf, so, wie wenn er immer wieder zur Vöraner Alm wandern müsste, hin und zurück, hin und zurück, hin und zurück, hin und zurück, und dann hat der Emil den Elvis ganz erlöst angeschaut, als der sich gerade das Stückchen Garnele genüsslich in den Mund schiebt, und der Elvis hat diesen Blick natürlich sofort richtig zu deuten gewusst, quasi Sherlock an Sherlock, also sagt der Emil während der Elvis kaut: „Wat is eigentlich, wenn hier überall noch mehr Knochen rumliegen, ich meine am

18

Möltener Kaser, in Radein, am Trudener Horn, am Montigler See, in Lana, oben am Mendelpass, in Bozen, auf dem Ritten und und und".

Der Elvis hätte sich bei den Worten vom Emil fast an der Garnele verschluckt, und da siehst du, das ist die Phantasie, kaum ist die eine ausgesprochen, schon bringt sie eine weitere Phantasie hervor, denn unmittelbar nachdem die Daisy ihr Stück Ochsenschwanz zu Ende gekaut und runtergeschluckt hat sagt sie, du wirst natürlich sagen: bloß nicht schon wieder Ochsenschwanz, aber die Daisy und der Hubert: Das ist Südtirol im Herbst, und natürlich schmeckt der Ochsenschwanz mit der dunklen Soße und und und beim Waldinger am besten, quasi Ochsenschwanzmenü beim Waldinger am liebsten täglich, aber der Elvis und der Emil: Fischmenü, also die Daisy sagt: „Emil. Sach mal n Satz mit hattu und kanntu", und weil der Emil nur lächelt und sich lieber noch ein Stück Fisch in den Mund schiebt, schaut die Daisy Richtung Elvis, und der kaut auch: „Hattu Knochen, kanntu kochen".

Der Emil verschluckt sich fast, der Hubert und die Daisy lachen schallend, und der Elvis und der Giovanni schauen ganz ungläubig, und die Hunde sitzen neben dem Tisch und zeigen ihr bestes Bettelgesicht, und da hast du es, nicht jeder versteht den Ruhrpottwitz.

4 Ein Knochen kommt selten allein

Jetzt was ist passiert, als der Elvis am Computer „It´s now or never" gesummt hat, während der Computer mit dem Scanner den Knochen besprochen hat. Also pass auf, die Polzer Elli hat den Pappbecher mit dem heißen Kaffee fallen lassen, weil sie auf der kleinen Lache ausgerutscht ist, verschütteter Kaffee quasi zu voll, und siehst du, was der verschüttete Kaffee in der beginnenden Folge von Ereignissen für eine vorher ungeahnte Bedeutung haben kann, denn um nicht der Länge nach in die Kaffeelache zu fallen, hat sich die Elli am Schreibtisch vom Elvis abgestützt, und jetzt geht´s los, das Telefon klingelt, der Elviscomputer hat aus dem Knochenstück schon einen Kopf gebastelt, gleich kommt der Body hinterher, also die Elli nimmt den Hörer ab, während der Computer zum Kopf den passenden Körper bastelt, und dann die Telefonneuigkeit und die Elli zum Elvis: „Noch ein Knochen! Am Altar in Lana", und der Elvis zur Elli: „Weiblicher Schädelknochen, sagt der Computer, Größe einssechzig, cirka vierundzwanzig, it´s now or never, und was macht eigentlich die Wasserleiche aus Kaltern, ach so, die habt ihr ja nach Verona, also fährst du nach Lana, oder?, ich muss nämlich hier noch mit dem Computer, und nicht wieder mit dem Kaffee, das bringt Unglück, sonst rufen am End noch mehr an, die einen Knochen gefunden haben".

Doof lachen, blöd scheißen: Warum? So, oder so. Mal denken. Mal sterben. Mal mehr, mal weniger. Mal der Knochen. Mal der Elvis: It´ s now or never. Und jetzt kann´ s losgehen.

Der Nordföhn ist nicht zurückgekehrt, und dann fährst du herum und besichtigst Bergdörfer, Ansitze, Burgruinen, Weingüter, Kirchen, oder Museen, während ein Schneeschauer nach dem anderen auf die Scheibe springt, und die Scheibenwischer quietschen weil die Scheibenwaschanlage schon wieder aufgefüllt gehört, aber Gott sei Dank bleibt der Schnee noch nicht liegen, und um Bozen ändert sich das Wetter ja sowieso schnell, meist Richtung Süden, quasi Mittelmeerwetter.

Mit dem Jackowiak hat natürlich zu dem Zeitpunkt keiner gerechnet, quasi Dolomitenrundfahrt und anschließend Kellereibesuch in der *Ersten und Neuen* in Kaltern, Brotzeit und Weinprobe, alle schon ganz schön breit, und dann steht da der Paul Jackowiak mit seiner dicken Elli anne Tür und trägt gerade seine Weinkartons zum Auto, und wer is auch mit dabei, die Zwillinge aus

Herten, der Hertenhubert und der Willi, alles totale Bibionejunkies.

Die Elli ruft natürlich gleich „ey kummal wer da sitzt", klar oder, und dann erst mal ordentliche Begrüßung „und wat macht ihr denn hier", und „wo wohnt ihr denn?", „in Vilpian", und „dat gibt's ja nich, wir in Nals", und dann noch ne ordentliche Weinprobe hinterher, alter Schwede, „pass bloß auf der Führerschein auf", und abends alle beim Waldinger, und der Hertenhubert „da hab ich auch schon von gehört", so, und jetzt kann´ s losgehen.

Jetzt was ist der Polzer Elli, als sie den großen Eisenschlüssel, und ohne den kräftigen Schubs würde sie immer noch an der alten Holztür drückern, aber soviel Zeit hat eine Kommissarin nicht wenn es um den Knochen geht, also kräftiger Schubs, auf springt sie, und schon ist sie drin, und dann hört sie ein Flüstern, und der *Schnatterpeck* Petrus zeigt ihr den Weg, der hält nämlich den goldigen großen Schlüssel genau so, dass er genau auf die Schlüsselspitze von der Polzer Elli zeigt, quasi Kirchentürschlüsselspitze: Richtung, so wie sie ihn in ihrer rechten Faust, und siehst du, genau links vorm Altar, und da hast du es, so ist das Mittelalter, wer nicht Lesen und Schreiben wird erleuchtet, wer suchet der findet, auch ein blinder Hund findet, und da liegt er: Danke *Schnatterpeck* Petrus!, und sofort zieht die Polzer Elli den Handschuh an, steckt den Knochen in die Beweisstücktüte: Schädelknochen!, und zurück nach Bozen, und da wartet schon der Elvis am Computer, und sofort den Knochen zum Scanner, und der Scanner sofort den Knochen, und der Scanner sofort mit dem Computer, und der Computer sofort mit dem Scanner, und sofort leuchtet das Ergebnis am Bildschirm auf, und der Computer natürlich gleich weiter, bloß keine Zeit verlieren, erst den Kopf und dann den Körper: Fertig!, und jetzt kommt´ s: Weiblicher Schädelknochen, Größe einssechzig, cirka vierundzwanzig, so, und jetzt kann´ s losgehen.

5 Marlinger Waalweg

Also Folgendes, der Nordföhn bläst wieder, also reinstes Mittelmeerwetter und strahlender Sonnenschein, gerade Wochenmitte Mittwoch, und was gibt es denn für einen Ruhrpotturlauber in Südtirol in solch einem Fall Schöneres, als im Herbst einen Waalweg zu gehen, und dann kannst du die Apfelernte beobachten, während neben dir der Waal gluckert, und du findest Esskastanien zwischen dem bunten Laub auf dem Weg, und die farbigen Lichtspiele inspirieren den Emil, also Cam, und die Daisy und der Hubert auch den Photo, und der Jacko und der Kopernikus weit voraus, und der Jovanni auch den Photo, weil so toller Blick, das Meraner Becken und die Berge, und dann Einkehr oberhalb Marling, und wer sitzt da am Tisch, die Zwillinge aus Herten, der Hertenhubert und der Willi, und die Zwillinge aus Essen, die blonde Ellen und die blonde Marianne, und ist das eine Begrüßung und Hallo und alle und setzt euch und wie geht´ s und und und, und jetzt pass auf, der Jacko und der Kopernikus, und da siehst du, wie unheimlich selbst ein Marlinger Waalweg sein kann, wenn sprechende Hunde, also pass auf, der Jacko und der Kopernikus können sprechen, gleich mehrere Sprachen, und die Beiden haben immer wieder Kontakt zu nanokleinen Außerirdischen, aber das weißt du ja, oder, und die nanokleinen Außerirdischen wohnen dann bei denen im Kopf und heißen Veganossi, aber jetzt was ist passiert, als die Hunde auf dem Waalweg so weit voraus und jetzt wieder zurück, aber das kannst du dir schon denken, oder, und ganz genau, die Hunde haben schon wieder Knochen, und da hast du es, menschlicher Unterkiefer, und gleich daneben ist der Knochenfuß vergraben, und siehst du, Türen verführen, die rostige Gartentür abgeschlossen, also gleich daneben unter dem Zaun durch, und das ist die Hundesherlocknase, Menschenknochenfund unter dem alten Apfelbaum, und da staunen die Daisy und der Hubert und der Emil und der Jovanni und und und, und die Daisy packt schnell die Knochen ein wie eine Touristin, die während einer Pharaonengrabbesichtigung ein Artefakt gefunden hat, und bloß kein Aufsehen und zahlen und nix wie weg, aber: Verabredung abends alle beim Waldinger, und jetzt kann´ s losgehen.

Also pass auf, abends beim Waldinger, Ochsenschwanzmenü wieder fast alle, nur der Jovanni und der Elvis Fisch, und schon wieder große Überraschung, kaum steht die Vorspeise auf dem Tisch, schon geht die Tür auf,

26

und siehst du, das ist die Ruhrpottsolidarität, schon stehen der Kaftanfreddy, der Ingo 1 und der Ingo 2 am Tisch, also der Ingo 1 ist der Lastwagen nicht der Zementwerk, und der Zementwerk ist der Ingo 2, und das ist aber eine, und ganz großes Hallo und setzt euch doch, ihr also auch in Vilpian und und und, und die Daisy die Knochentüte unauffällig zum Elvis, und der zum Auto, kurzer Blick hinein, ganz klar: Zweiter Hauptsatz!, und bloß schnell die Tüte in den Kofferraum und zurück in den Waldinger, und jetzt pass auf, schon kurz nach Mitternacht, kaum hingesetzt, schon geht das Handy: wyyh ööh wyyh ööh wyyh ööh: „Sanin!"

„Du Elvis, im Labor da spukt´s, die Knochen sind weg."

Die Elli: Nachtarbeit, klar, schwieriger Fall. Klar, oder?

Und der Elvis: „Polzerin, keine Panik. Ganz wichtig erster und zweiter Hauptsatz, also, Servus, und bis morgen".

6 Bletterbachschlucht

Dass die Knochenstory einen so ungewöhnlichen, konnte keiner, die Hunde, falsch, die Veganossi, aber die kommen ja erst viel später, also Radein, dann die Schlucht, dann und dann, und dann der Jacko, und jetzt kann´ s losgehen.

Also pass auf. Der Ingo 1, der Kaftanfreddy, der Ingo 2, der Hertenhubert, der Willi, die blonde Ellen, die blonde Marianne, der Jovanni, der Kopernikus: Abfahrt, jeder in seine Richtung, weil nach solch einem Südtirolwochenende, und die vielen Knochen, und keiner weiß, weil schon wieder futsch, und da musst du die Flucht, sonst drehst du komplett, weil bloß nicht schon wieder wie, du weißt schon, Bibione, die Pizzawursttoten, die knallroten Haare, die bösen Veganossi, der Joker, die Glashandspieler, die Wallstreet-spieler, die Vatikanspieler: Die einarmigen Banditen, die Exorzisten, die Kirchenzombies, und jede Nacht Kirchenzombiealarm dass der Papst die Flucht und die Anderen und die Carabinieri und das Militär: Abriegeln!, und die guten Veganossi im Hundekopf, und das Gebirgsdorf, und die Fremdsprachen und und und, nein,

da lieber den Laster fahren, oder den
Zement rütteln, oder den Karstadt in
Essen rauf und runter bis endlich ein
Kunde, aber nächstes Jahr wieder
Bibione, klar oder, und bis dann und
viel Spaß noch und vielleicht vorher
Treffen wenn der Hertenhubert, aber
der Willi hat ja auch kurz darauf,
aber der feiert ja nie, weil
Geburtstag ist langweilig sagt er,
also: Tschüüss!

Aber jetzt warum hat der Elvis die
Schnauze langsam voll, Grund, weil die
Putzfrau die Knochen, und siehst du
was für eine Übereinstimmung, das
gleiche Knochenverschwinden genau wie
bei der Polzerin, quasi vom Elvistisch
direkt in den Mülleimer, denkt sie
gammeliger Brotzeitrest vom Elvis,
weil der sowieso nie etwas wegräumen
kann, immer so lange bis schon fast
wieder lebendig, also, aber der
Mülleimer Gott sei Dank: Plastiktüte,
also der Elvis: „Geh Scheißen!" zur
depperten Putzfrau und erster
Hauptsatz, und dann ran an den
Hausmüll, und gegen Abend ist sie
wieder da, die zugeknotete Abfalltüte
mit den Knochen, mit den Monatsbinden
aus der Damentoilette, mit den alten
Wurstsemmeln, mit der leeren Fischdose
und und und, und dass die Knochen dem
Elvis durch ihren kleinen Ausflug
nicht unbedingt, weil Sympathie auch
Geruch, klare Sache, und jetzt kommt´
s, der Friedhofsgärtner, Handy,

Friedhof Bozen: Großer Müllsack neben der Leichenhalle. Montag. Der Elvis hätte natürlich gern die Elli, wenn er schon den halben Tag die Knochen im Müll, aber denkste, die Elli, warum: keine Ahnung, also die Elli hat letzte Nacht mit dem Emil, und da siehst du, weiblicher Sherlock zieht immer männlichen Sherlock, also weil letzte Nacht gemeinsam: Die Bletterbachschlucht vom Zirmerhof aus, und der Hubert und die Daisy und der Jacko kommen von Vilpian nach Radein: Gemeinsames Frühstück im Zirmerhof, und dann Aufbruch zur Bletterbachschlucht, Sonne, Nordföhn, Lichtspiele, Weisshornblick, Schwarzhornblick, und die Saurierspuren, und die Bellerofonschichten, und die Werfener Schichten, und der Bletterbach, und der Wasserfall, das das das, und siehst du, das ist das Hundewesen, der Jacko bringt schon wieder Knochen, und diesmal legt er dem Hubert und der Daisy einen vollständigen menschlichen Totenschädel vor die Füße, ganz ausgebleicht glotzt er sie mit leeren Augenhöhlen an, und der Emil gleich die Cam, und der Hubert den Photo, und die Daisy den Photo, und der Jacko flüstert zur Daisy: „Mitnehmen! Den hab ich in der Höhle gefunden. Aber sonst lag da nix", und da hast du es, das ist die Gleichzeitigkeit, denn genau in dem Moment, also der bleiche

Schädel den Emil, die Daisy, den Hubert und den Jacko anglotzt, steht der Elvis vorm zugebundenen Sack auf dem Bozener Friedhof neben der Leichenhalle, und hilft ja nix, zweiter Hauptsatz, und schon wieder Überstunden, und am Sack hängt ein Zettel: „Für Silke!". Also der Friedhofsgärtner hat den Elvis mit dem Handy, und geöffnet hat er den Sack angeblich nicht, weil keiner weiß was drin ist, vielleicht Bombe, hat er gesagt, aber da kommen dem Elvis schon berechtigte, jetzt denk mal früher: Der Mörder ist immer der…, und auch ein Friedhofsgärtner ist ein Gärtner, aber der Elvis zweiter Hauptsatz, nix tickt, also her mit dem Sack, und so wie er ist in den Kofferraum, und auf geht´ s ins Kommissariat, und da wird der Sack durchleuchtet bevor er, und jetzt kann´ s losgehen.

7 Für Silke

Es ist etwas aus einem Grab herausgekrochen. Keine Ahnung wann und wo. Sie hatten seine Wege mit der schweren Steinplatte versperrt. Trotzdem ist es heraußen. Es hält sich dort auf, wo du gerade nicht bist. Du könntest es sehen, wenn du es träfest. Gehst du diesen Weg, geht es jenen. Du hast eine düstere Ahnung. Während du deine Gedanken aus deinem Gehirn quetscht, schleicht es sich lautlos an. Es will dich in die Irre führen. Es möchte für dich unerkannt bleiben.

Was würdest du machen, wenn du ein Friedhofsgärtner wärst? Würdest du in Gedanken deiner Mordlust freien Lauf lassen, wenn du während der Mittagpause den Krimi weiterliest? Erschreckt dich das? Du denkst an den verwitterten Engel, oder? Er thront auf einem Stein mit Namen.

Die Krimifrau schreibt, er habe sie ausgelöscht. Wer? Ja wer wohl? Er! Das klingt wie Kerze auspusten, oder? Er wollte keine Liebe machen. Nein. Nur totmachen. Er habe sie mit der Axt erschlagen, zuerst ausgenommen wie eine Weihnachtsgans, dann zerteilt, und dann gekocht bis sich ihre Knochen vom Fleisch lösten, schreibt sie. Könntest du so etwas auch? Du liest nicht weiter.

Was unterscheidet einen Totengräber von einem Friedhofsgärtner? Die Ästhetik? Du hilfst jeden Tag beim Eingraben, und nach dem Zuschaufeln, eigentlich müsste man treffender Zuschütten und Zubaggern sagen, legst du die Blumen und Kränze aufs Grab, und wenn sie verwelkt und unansehnlich geworden sind nimmst du sie vom Grab und wirfst sie auf die Ladefläche deines Kleintransporters, sie sind jetzt Bioabfall und wandern auf den großen Haufen, und wenn der Boden sich gesetzt hat wird das Grab eingefasst, der Grabstein wird gesetzt, und du bepflanzt das Grab nach den Wünschen der Angehörigen. Sicherlich, es gibt auch Gärtner von außerhalb, die keine Totengräber sind, quasi nur die Pflanzen und nicht die Toten, quasi nur das Schöne, quasi nur die Ästhetik, nicht die ausgegrabene Wachsleiche, nicht die verfaulten Knochen für die Exhumierung und und und, aber was macht das schon für einen Unterschied, Ästhetik hin oder her, Friedhofsgärtner oder Totengräber, hin oder her, Grab ist Grab, und Leiche ist Leiche, so oder so, die Idee ist wichtig, und die entsteht im Kopf, auch wenn sie manchmal nur eine Eingebung ist. Und dann gibt es doch überhaupt keinen Zweifel mehr, welche Frage sich der

33

Sherlock stellen muss, oder? Wenn er das Werk des Mörders betrachtet: Welche Idee? Und alles Andere, ob jetzt Gärtner oder Totengräber, ist doch wurscht, oder?

Jetzt wie geht´ s weiter mit dem Fürsilkesack vom Bozener Friedhof und dem Totenschädel aus der Bletterbachschlucht?

Also pass auf. Der Elvis und die Elli haben den Fürsilkesack mit dem Röntgen, und klar, den Schädel aus der Bletterbachschlucht hat wieder der Scanner, und da hast du es, Antwort Röntgen: Skelett ohne Kopf im Fürsilkesack, Frage von wem, Antwort Scanner: Totenschädel junge Frau, Frage von wem, und jetzt kann´ s losgehen.

8 Knochenalarm

Also dieses Jahr. Der Südtirol steht unter keinem guten. Na schön, du sagst, weil die Lichtspiele, weil die Farbspiele, weil der Nordföhn, weil die Wanderungen, weil das Törggelen und und und: Alles Bestens. Denkste! Was ist in Maria Weißenstein, als der Emil gedankenversunken die abgelegten Krücken und Holzbeine mit der Cam, und die Votivtafeln und und und, weil wenn ein Behinderter in Maria Weißenstein wie ein Lazarus von der Bare springt, dann lässt er die Bare die Gehhilfen und und und gleich liegen und stehen, und zum Dank malt er ein Votivbild an die Maria und die Mönche, klar oder, und die Mönche heben natürlich alles im Museum, quasi Guinnessbuch für Krücken Holzbeine und Baren, und plötzlich hält der Emil ganz steif die Cam, weil guck mal da vorne: Großer verschnürter Plastiksack mit Zettel „Für Irene!", und jetzt kann´ s losgehen.

Und jetzt pass auf. Noch was. Der Emil. Emil Elli Sex. Der Zirmerhof. Radein. Und dann die Bletterbachschlucht und und und. Und was ist passiert? Und da siehst du, wie grundsätzlich dir eine Grundregel im Nachhinein erscheinen kann wenn´ s zu spät ist, quasi Brennen beim Pinkeln danach, und der Emil, echter Sherlock, kombiniere, Grundregel Ingo 1: „Brennt dir nach dem Sex die Nudel, war´ s bestimmt ein kranker Pudel!", quasi wurmstichiges Nudelholz die geile Elli, und da siehst du, wie schnell du dich infizieren kannst, und selbst eine junge Kriminalkommissarin schützt vorm Tripper nicht, und der Doktor zum Emil die dicken weißen eine am Tag zwei Wochen, und die Elli auch die dicken weißen zwei Wochen, und beide keinen Alkohol, und jetzt bange Grundsatzfrage: Was will man mit einem Tripper ohne Weintrinken in Südtirol, alter Schwede, also ich, aber jetzt zurück ins Kloster Maria Weißenstein, die Wunder, die Holzbeine, die Krankenfahrstühle, die Mönche, die Votivbilder, die weiße Maria und und und, und die zugeschnürte Plastiktüte, „Für Irene!", und wer weiß, vielleicht Talibanbombe, vielleicht Goldspende, vielleicht Altkleiderspende und und und, und die Daisy sofort den Photo, und der Hubert sofort den Photo, und der Emil das Handy: „Elvis! Neue Tüte. „Für Irene!" Maria Weißenstein.", und der Elvis: „Scheiße! Erster und zweiter Hauptsatz! Komme so schnell ich kann. Mit der Polzerin. Ende der Durchsage. Bis gleich", und der Jacko liegt irgendwo vor der Kirche und schläft.

9 Der Mörder ist immer der…

Jetzt was ist passiert, nachdem das Sprengkommando, die Evakuierung, der Elvis mit der Polzerin, der Fürirenesack und und und. Keine Panik! Kein Sprengstoff. Der Elvis den Sack in den Kofferraum und mit der Polzerin schnurstracks ins Kommissariat und ab sofort streng vertraulich, weil äußerst komplexer und komplizierter, und gleich den Röntgen, und da staunst du was drin ist, und jetzt kann´ s losgehen.

    Also pass auf. Dass der Fürirenesack deutlich schwerer als der Fürsilkesack haben der Elvis und die Polzerin sofort, aber dass im Fürirenesack auch die fast unverweste Irene mit Kopf, mit Personalausweis im Portemonnaie und und und: „Erster und zweiter Hauptsatz" der Elvis, und ganz neue Lage und und und.

    Inzwischen hat der Scanner auch den Bletterbachschädelscann an den Computer, und der erst das Gesicht, und dann den Kopf, und dann vom Kopf den Körper, und Ergebnis: Neandertalerfrau, achtunddreißig, einsachtunddreißig, na Servus und gute Unterhaltung, und das war´ s, nicht unser Fall der Elvis, Fall für´ s Museum, klar oder.

Und die Irene? Irene Blanzer. Sechsundzwanzig. Bozen. Vermisst seit einer Woche. Genickbruch. Keine äußeren Verletzungen. Und während der Mühlsteiner Robert, also der Pathologe, die Polzer Elli, und der Sanin Elvis die Blanzer Irene, hat der Jacko eine unheimliche Vision, und die flüstert er dem Emil, weil der ihm ein rohes Rindersteak, quasi danke Emil, und jetzt kann´s losgehen, die nanokleinen guten Veganossi sind wieder da, alter Schwede also ich, im Kopf vom Jacko, und der gleich zwanzig Fremdsprachen und knallroten Pelz, und siehst du, da hast du es wieder, Türen verführen, also Ablauf: Die Kellertür, und hinter der Pensionskellertür in Vilpian haben der Hubert und die Daisy die Flüsterstimmen, und jetzt kommt´s, Tür auf!, und hinten in der Ecke das winzige Ufo der Veganossi, so, und die schwupp, nix wie rein in den Jackokopf, und hast du das gesehen, schon ist der Jacko wieder knallrot, und jetzt denk mal Bibione und und und, klar oder, und gleich zwanzig Fremdsprachen, und dann hat der Jacko die Silkeirenevision, und gleich zum Emil weil der, und da hast du es, die Jackovision: Perverser Mörder, vermutlich Totengräber, und Friedhofsgärtner, und siehst du, der Mörder ist immer der...

10 Zweiter Hauptsatz

Und jetzt wie geht´ s weiter. Also pass auf. Den Elvis und die Polzerin hat die Jackovision so stark, dass sie gleich ihre gesamte Strategie von Grund auf, quasi Erleuchtung, und dann hat der Emil mit der Cam. Friedhofsneugierde. Friedhof Bozen. Cam: Zufallsaufnahme. Da vorne neben dem Grabstein. Der seltsame Gärtner. Und jetzt kann´ s losgehen.

Du kannst dir das ja gar nicht, also ich, und jetzt denk mal der Edgar Allan Poe, den hat ja Zeit seines Lebens die Friedhofsangst, und warum, weil das Lebendigbegrabenwerden schon vorher die Friedhofsangst, und ob du es glaubst oder nicht, wenn du einmal drin liegst in der zugenagelten Kiste ist es, und der Edgar Allan kam ja aus Amerika, und in Amerika hat sich, nachdem der Edgar Allan die gruseligen Friedhofsgeschichten geschrieben hat, die Friedhofsangst so stark, dass jeder mit dem Handy, und dann kannst du staunen, wenn plötzlich nachts die Oma anruft, oder die geschiedene Exfrau, quasi Unfall, dann tot, dann beerdigt, und Gott sei Dank kein Unterhalt mehr, und dann ruft sie mit dem Handy aus der Kiste, komm schnell, kaum Luft, dunkel, und bring die Schaufel mit, alter Schwede, also ich, und siehst du, das ist die Friedhofsangst.

Und jetzt pass auf. Der Emil denkt natürlich auch, und das ist der Sherlock, also die Gruselgeschichten vom Edgar Allen, quasi Emilgedankenblitz kombiniere: Der Edgar Allen, die Gruselgeschichten, das Lebendigbegrabenwerden, und siehst du, genau das ist es, das Lebendigbegrabenwerden, und als der Emil das dem Elvis, der Polzerin, der Daisy und und und, der Elvis sofort: Zweiter Hauptsatz, It´ s now or never, und jetzt kann´ s losgehen.

11 Der Anton, der Friedhof, der Joe, die Zahlen, und das Oink…

Ist doch klar. Jeder Politiker möchte sich gerne was nebenbei. Und jeder Schalterbeamte. Und jede Hausfrau. Und und und. Und da ist es gut für einen Friedhofsgärtner, wenn er den Joe kennt. Denn der Joe hat die Villa in Meran. Und der Joe hat das Pulver. Und der Anton? Der hat kein Pulver. Also. Und der Joe hat Bedarf. Und der Anton ist Totengräber. So.

Und jetzt wer ist der Joe? Also pass auf. Den Joe haben DIE nachts aus der Geschlossenen befreit. DIE kennen den Joe schon lange, wirken sehr düster, unheimlich. Und jetzt wer sind DIE? Böse Geister! Zum Beispiel die Jacky. Und der Bernd. Und der Joe soll die Jacky nicht mehr Jaqueline nennen. Quasi die aus seinen Träumen, quasi die aus Italien, quasi die aus seinen Gehirnpornoheften, und die sind echt krass, alter Schwede, und seit der Joe in der Geschlossenen, und seit er dort jahrelang die ganzen Psychos und die ganzen Psychodrogen, hat er seine riesige Gehirnpornosammlung in Zahlen codiert. Und mit welchem Ergebnis? Ist doch klar, oder? Mathematik! Quasi Joes Mathe. Quasi Joes Funktionen. Und da siehst du, wohin die vielen

Sprachen und die Mathematik führen, weil keiner das Gehirn, und keiner weiß warum, höchstens vielleicht die Psychiater, jetzt denk mal der Freud, aber die sind ja selber und und und, schau dir doch den Joe an, quasi Ergebnis vom vielen Nachdenken und Vorstellen und innere Bilder und Psychosachen und Wissenschaften und Kant und und und, und dann erleuchtet der Platon mit seinem *Höhlengleichnis* den Joe, und welches Ergebnis: Neue Pornosprache. Und jetzt kann´ s losgehen.

Also der Joe hat keine Ahnung, warum er schon so lange in der forensischen Psychiatrie sitzt, quasi Gummizelle ohne Gummi, und dann dieser Bernd, der nämlich auch, angeblich ehemaliger Lehrer, Joes Zellennachbar von gegenüber des Flures, der von der anderen Seite, der, der nicht gern über Säuglinge spricht und ebenso ungern über Wäscheschleudern.

Und jetzt pass auf. Der Bernd. Der ist Mitglied in Jackys unheimlicher Sekte. Mitorganisator einer dämonischen Kirche. Menschenopfer. Rituelle Säuglingsmorde. Untote. Und und und.

Vielleicht war der Bernd Joes geheimer Bewacher in der Psychiatrie, so genau weiß das keiner. Und jetzt ist Bernd, gemeinsam mit Jacky, Joes Befreier. Und er ist Joes

Vergewaltiger. Häufiger in der Klinik. Und noch einige Male danach.

Und Joe ist ein Mörder. Behaupten sie. Ein Frauenmörder. Sie nennen Joe den Schlächter. Den Frauenschlächter.

Und sie brauchen ihn. Sagen sie. Für ihre unheimlichen Rituale. Für ihre grauenhaften dämonischen Feste. Er gehört jetzt ihnen, sagen sie.

Und Joe? Ist er ein Schlächter? Ein Frauenmörder? Joe glaubt nein. Er ist einfach nur Joe, glaubt er. Der psychisch kranke Joe. Joe der Psychiater. Und Joe ist auf der Suche. War auf der Suche. Ist auf der Suche nach Joes Wahrheit, quasi sich.

Der ältere Butler zeigt Joe sein Zimmer. Er wohnt, wie vermutlich auch Jacky und Bernd, obwohl sie dies nicht ausdrücklich erwähnt haben, fortan in der alten Villa der Gräfin.

Die Gräfin hat sich plötzlich mit ihrem Wein, ohne Worte, zurückgezogen.

Auch Jacky und Bernd sind verschwunden.

Joes Zimmer: Jugendstil. Die schweren Vorhänge sind zugezogen. Es wirkt groß und düster, unheimlich wie eine Gruft.

Zu seinem Zimmer gehört ein Bad mit einer riesigen Wanne, eher eine Art Whirlpool, neuzeitlich, trotzdem stilvoll.

Joe bevorzugt die Dusche. Er steht lange unter dem sprudelnden Wasserschwall.

43

Er hat frische Kleidung in seinem Rucksack und verlässt nackt das Bad.

Er will die schweren Vorhänge zurückziehen, um Licht in den halbdunklen Raum zu lassen, um seine Kleidung im Rucksack besser erkennen zu können.

Plötzlich umklammert ihn jemand von hinten.

Joe hat ihn in der Dunkelheit nicht bemerkt.

Es ist ein sehr kräftiger großer Mann, jedoch nicht Bernd.

Der Mann sagt nichts.

Er umklammert Joe so fest, dass er es nicht schafft, sich umzudrehen.

Joe wehrt sich nicht.

Er spürt, dass er gegen diese Kraft keine Chance hätte.

Und jetzt pass auf, Joes Zahlen, quasi der Platon, die Höhle, das Feuer, die Schatten, die Wahrnehmung, die Einbildung, die Wahrheit, die Mathematik, die vielen Sprachen, das Licht, der Höhlenausgang und und und, und kaum hast du die Höhle verlassen, schon siehst du die Sonne und und und, und quasi Ergebnis vom Höhlenfeuer, vom vielen Schattengucken an der Höhlenwand, quasi Psychiatriewand, vom Nachdenken und vom Vorstellen, von den inneren Bildern und von den Psychosachen, von den Wissenschaften und vom Kant und vom Platon und und und, quasi Joes *Höhlengleichnis*: Neue Zahlenpornosprache im Joekopf, quasi 1

44

vielleicht Hut oder Schuh, oder 3 vielleicht Gießkanne oder Gartenschere oder Bohnermopp, oder 32 vielleicht Heringsfilet oder Ochsenfrosch oder Halmastäbchen. Klar, oder? Und dann kommen noch die ganzen anderen Zahlen dazu, und keiner weiß genau, also lass dich überraschen, und jetzt kann´ s losgehen.

Also pass auf. In einer Ecke des Raumes brennt ein sehr schwaches Licht. Klar, oder? Und dort erkennt Joe die Gräfin und Jacky. Auch klar, oder? Und die sitzen nackt auf einem großen Sofa und küssen sich. Auch klar, oder? Und der Joe hat vom vielen Schattengucken an der Höhlenwand der geschlossenen Psychiatrie, quasi vom Nachdenken und Vorstellen, von den inneren Bildern und Psychosachen, von den Wissenschaften und vom Kant und vom Platon und und und, quasi Ergebnis *Höhlengleichnis*: Die neue Pornosprache im Kopf. Auch klar, oder? Quasi 1 vielleicht Hut oder Schuh und und und, oder 3 vielleicht Gießkanne oder Gartenschere oder Bohnermopp und und und, oder 32 vielleicht Heringsfilet oder Ochsenfrosch oder Halmastäbchen und und und, und dann kommen noch die ganzen anderen Zahlen dazu, und keiner weiß genau. Klar, oder? Und siehst du, da hast du es. Sie reiben sich dabei gegenseitig mit den Händen ihre 3. Und was ist die 3? Vielleicht Gießkanne oder Gartenschere oder Bohnermopp? Und

45

ätsch, angeschmiert: Total falsch.
Also darfst du noch mal raten, weil
verraten wird nämlich gar nichts.
Klar, oder?

Und die Gräfin hebt Jackys…und
steckt sich ihren…fast ganz in den 20.
Jacky stöhnt laut. Jetzt setzt sich
die Gräfin auf Jackys linken und…

Aber jetzt was machen denn die
Perversen, damit du sie nicht nur ein
Hundertstel oder ein Zehntel oder ein
Viertel oder Dreiviertel oder ganz
oder doppelt oder dreifach oder
vierfach oder hoch n Quadrat und und
und, quasi total pervers nennen
darfst, weil den Analverkehr haben die
von der *Bravo* den Elfeinhalbjährigen
ja schon vor über dreißig Jahren so
schön erklärt, dass sich heute die
einundsechzigjährige Althippieemanze
lieber ihren lebenden Goldhamster zwei
Mal täglich in den Allerwertesten
schiebt, als die ausgerauchte
Altachtundsechzigerpelle von ihrem
einundsiebzigjährigen bisexuellen
langjährigen Lebensabschnitts-
gefährten, natürlich immer noch
Harleyfahrer und Rockmusiker, klar
oder, aber was ist dann noch richtig
pervers, quasi so richtig ab Achtzehn,
oder sogar strafbar, weil Sadmaso
spielen ja die Vierjährigen heute
schon im Sandkasten, also was?, quasi
Mord und Totschlag, oder?, also ich,
aber jetzt weiter, der Psychiater und
seine SpielgefährtInnen.

Also pass auf. „Du geile Drecksau", grunzt Joe und packt die Gräfin… „Knie nieder, perverse Sau", grunzt er und… Und da siehst du, wie die Sadomasowelt im Psychiaterkopf vom Joe und im Gräfinnenkopf funktioniert, quasi geile Drecksau die Ouvertüre, und dann kniet sie vor Joe nieder wie der nackte Messdiener vorm Pastor in der Pfarrhausküche kurz vorm großen Halleluja, und perverse Sau quasi Ende der Overtüre, aber pass auf, noch was, die politisch Korrekten, du weißt schon, die, die ihren Kindern den *Negerkönig* im Kinderbuch verbieten und den Mark Twain umschreiben lassen wollen, quasi keine Indianer mehr und und und, du weißt schon, die Sexismusdebatte, und die Pornoismusdebatte, und die Orgasmusdebatte, und die Verlogenheitsdebatte, und die totale Verklemmtheitsdebatte, und die neue heile Sprachweltdebatte und und und, quasi auch dann, oder gerade dann, wer weiß, wenn die Welt im Klimagau versinkt, und wenn die Heileweltkinder sich gegenseitig in der U-Bahn kalt machen, und dann in der Sprache bloß nicht die rote, oder die grüne, oder die gelbe, oder die schwarze, oder die kackbraune Linie überschreiten, und für diese sprachlich Korrekten muss der Sadomaso Joe natürlich ganz anders, quasi Drecksau oder geile Sau geht gar nicht, also neues Wort: Oink!

Und oink kannst du nämlich für Alles, weil oink ist oink wie es, und oink politisch wesentlich korrekter als die phantastischen Zahlen im Pornopsychiaterjoekopf, und dann ist „du geile Drecksau" nämlich „du oinkige Oink" und „knie nieder, perverse Sau" ist dann „knie nieder, Oink", und das liest sich doch gleich viel besser, quasi Oink für Alle und Alles, und da siehst du, wie einfach das geht mit der politischen Korrektheit in der Sprache, und jetzt kann´ s losgehen.

Er oinkt ihr… Sie oinkt ihn…und dann… Sie jault und schreit…und Joe… und während sie…oinkt Joe aus ihrem… ein Oink mitten ins Gesicht. Sie röchelt…und er oinkt ihr… Und noch mal Joekopfzahl: Sie 8tet und er… Ihr… verkrampft sich… Joe…und… „Ich oink dich gleich wieder du…", ruft Joe, während die nackte Gräfin sich… Joe dreht sie herum und… Sie atmet nur schwach… Er spürt diesen… Er… Sie…, dann versucht sie aufzustehen, aber Joe hat sie schon wieder und… Sie…, aber noch bevor Joe…, hat sie sich von ihm befreit.

Joe spürt die Erregung des Mannes hinter ihm… „Hey, Joe…ich bin es…", flüstert der Mann ihm ins Ohr. Joe erkennt die Stimme sofort. Es ist Paul.

Paul ist zwar riesig und kräftig.

Joe hat ihn aber gänzlich anders in Erinnerung. Paul war für ihn immer ein zurückhaltender schweigsamer Psychopath.

Jacky und die Gräfin haben das Sofa verlassen und knien jetzt beide vor Joe.

Die Gräfin hat sich… Sie stöhnt gurgelnd und kräftig dabei.

Jacky lutscht stöhnend…, während ihre rechte Hand…

Joe wehrt sich nicht.

Paul zieht sich vor ihm aus.

Er hat…

Paul stellt sich breitbeinig über die beiden Frauen und…

Er packt Joe und…

Joe kriegt keine Luft. Es dauert nicht lange, bis…

Joe…

Paul ist noch… Er… Jacky…

Während die Gräfin immer noch… umklammert Joe von hinten erneut ein sehr kräftiger großer Mann.

Joe spürt, dass der Mann nackt ist. Er spürt…

Der Mann spricht nicht, aber es kann nur Bernd sein. Bernd… Joe wird schwindelig und Bernd… Bernd hält Joe umklammert. Bernd…während er Joe…

Die Gräfin kniet inzwischen neben Joe. Sie nimmt seine…, formt diese…, und…

Joe…

Paul verlässt jetzt Jacky.

Bernd...und geht zu Jacky. Er... Sie schreit...und krallt sich... Joe kann sich nicht bewegen. Er hat...und verspürt eine starke Übelkeit.

Die Gräfin hat von Joe abgelassen, der immer noch auf dem Boden kniet.

Jetzt nähert sich Paul...und... Paul... Joes... Joe muss... Er ist... Paul spürt Joes Wehrlosigkeit. Joe spürt noch... Irgendwann verliert Joe dann das Bewusstsein.

Joe liegt angekleidet auf seinem Bett. Er blickt in den verdunkelten Raum. Joe kann alles klar erkennen. Er ist also entweder tot oder bei vollem Bewusstsein. Joe erinnert sich an alle Einzelheiten. Sein rechter Arm schmerzt ihm ein wenig. Er hat keine Bauchschmerzen und verspürt keinen Brechreiz. Sie müssen ihn am ganzen Körper gewaschen haben. Joe atmet seinen eigenen frischen Duft, leicht deodoriert, etwas parfümiert. Seine Haare sind frisch gewaschen. Er trägt ein dunkles T-Shirt, dazu eine verwaschene Jeans. In seiner rechten Ellenbeuge entdeckt er einen blauen Fleck mit einem Pflaster darüber. Eine Einstichstelle, venöser Zugang, Infusionen, Bluttransfusionen, Medikamente, schießt es Joe durch den Kopf. Joes Haut ist rosig, soweit er dies im Dämmer des Raumes erkennen kann. Nicht leichenblass wie bei einem... Sie müssen ihm zusätzlich Bluttransfusionen, wahrscheinlich sogar mehrere, verabreicht haben. Anders kann sich Joe sein jetziges Wohlbefinden nicht erklären. Er springt mit einem Satz vom Bett und öffnet die bis zum Boden reichenden schweren Vorhänge, und dann die zwei geschwungene Glastüren, der Zugang zu einer riesigen Terrasse. Ihm ist nicht schwindelig. Er verspürt keinerlei Übelkeit im Stehen. Es geht ihm ausgezeichnet.

Die Jugendstilvilla ist rückseitig in einen Hang gebaut. Von der Terrasse kann man unmittelbar weiter in einen nur leicht ansteigenden Weinberg gehen. Sein Zimmer liegt also auf der Rückseite im ersten Stock.

Joe betritt die Terrasse. Er trägt niemals eine Uhr, aber es ist wohl um die Mittagszeit. Er setzt sich unter die große Palme, die am Rand der Terrasse steht. Daneben führen schmale Stufen nach Unten. Sie führen zum vorderen Teil der Villa mit dem ausgedehnten Park.

Eine ausgesprochen attraktive junge Dame, ein Teenager, kommt die Stufen herauf und dann an Joes Tisch. Er ist auf der Terrasse der Einzige, und auch sonst ist weit und breit niemand zu sehen. Die junge Schönheit ist nicht auffällig gekleidet. Jeans und T-Shirt, hochhackige Pumps, in denen sie barfuss läuft. Sie hat zierliche Füße und ist sehr schlank, hat lange Beine und einen auffällig wohlgeformten

straffen   Hintern.   Offensichtlich
treibt sie viel Sport. Sie hat den
Gang   einer   überaus   selbstbewussten
jungen   Dame.   Vermutlich   höhere
Schulbildung. Vielleicht   Studentin?
„Guten Tag Herr Joe. Sind sie wieder
fit. Sie haben die letzten drei Tage
nur   geschlafen   und   hatten   hohes
Fieber. Bewusstlos. Unser Hausarzt hat
sie in dieser Zeit rund um die Uhr
behandelt. Sie brauchten Medikamente
und mehrere Infusionen. Aber jetzt
sehen sie ja wieder gut aus, Herr Joe.
Möchten sie etwas essen oder trinken?
Ich bin übrigens die Josi."

    „Sehr angenehm, Josi. Ja gerne. Wo
sind eigentlich die Anderen alle?"

    „Die sind alle mit der Gräfin für
eine Woche nach Süditalien auf ihr
Weingut gefahren. Ende nächster Woche
sind sie bestimmt wieder hier. Derweil
müssen wir miteinander Vorlieb nehmen.
Der Butler hat nämlich Urlaub. Ich bin
hier so etwas wie das Mädchen für
Alles. Ich wohne auch in der Villa. In
einem Appartement im Dachgeschoss."

        „Dann   wäre   eine   Südtiroler
Brettljause und ein Fläschchen St.
Magdalener jetzt sicherlich nicht das
Schlechteste. Darf ich Du zu Ihnen
sagen, Josi?"

    „Gerne, Herr Joe!"
„Dann musst Du aber auch Joe zu mir
sagen!"

    „Einverstanden, Joe. Deine

Bestellung bringe ich gleich. Brauchst Du sonst noch etwas?"

„Ja, Josi. Zigaretten und einen Aschenbecher."

„Bringe ich Dir alles."

„Ganz herzlichen Dank, Josi!"

Die Zigaretten und den Aschenbecher bringt sie ihm umgehend. Joe genießt den Blick auf die spätsommerliche Landschaft und auf Meran, während er gedankenversunken raucht. Sie wünscht ihm einen guten Appetit, als sie ihm seine Brotzeit und den Wein auf den Tisch stellt. Sie erklärt ihm auch, dass er den Maserati benutzen dürfe und dass er eine limitierte Kontovollmacht bis zu einer Summe von hundertfünfzigtausend Euro habe. Sie legt ihm eine Brieftasche mit seinem Führerschein, seinem Personalausweis, seiner Krankenversicherungskarte, seiner international gültigen Kreditkarte und eintausend Euro Bargeld darin, neben die Weinflasche auf den Tisch. Joe fragt Josi, ob sie einen Freund habe. Sie verneint verlegen und geht danach die Stufen hinab.

Joe raucht, trinkt Wein, liest die Tageszeitung und verspeist einen Berg Südtiroler Köstlichkeiten, die ihm Josi auf dem großen Holzbrett gebracht hat. Eigentlich könnte er, wenigstens für den Moment, rundum zufrieden sein. Er ist es aber nicht. Joe ist innerlich unruhig. Er will an Orte gehen, wo Menschen sind. Wo besondere Menschen sind. Auffällige Menschen. Irre. Joe fehlt die Geschlossene. Ihm fehlt der Wahnsinn. Die vielen Medikamente fehlen ihm nicht, und er spürt auch nicht den Hauch irgendeiner Entzugserscheinung.

Joe verlässt die Villa zu Fuß und geht Richtung Bahnhof. Dort schaut er sich ein wenig um, raucht, trinkt eine große Flasche Bier, bevor er dann mit dem Zug nach Bozen fährt.

Es ist Spätnachmittag, als er in Bozen am Hauptbahnhof eintrifft. Hier ist schon deutlich mehr los, als am Bahnhof in Meran.

Joe fallen zwei stark tätowierte kräftige Männer auf. Sie haben kahl rasierte Köpfe und trinken mit einer zierlichen noch sehr jungen Frau Dosenbier. Die Frau lallt schon stark.

Joe holt von einem Kiosk zwei Flaschen Rotwein und fragt die Drei ob sie auch Wein mögen und ob er mit ihnen mittrinken dürfe. Die Drei begrüßen Joe freundlich, laden ihn zum Mittrinken ein und freuen sich über den angebotenen Wein. Sie sind aus Innsbruck und wollen ein paar Tage in Südtirol „rumhängen". Sie verlassen den Bahnhof und gehen in einen nahegelegenen Park. Dort lassen sie sich nieder und trinken, rauchen, unterhalten sich, und immer wieder holt jemand am Bahnhof Getränkenachschub.

Irgendwann lädt Joe die Drei dann nach Meran in die Villa ein. Er verspricht ihnen, sie könnten dort essen, trinken und übernachten. Die junge Frau ist sturzbetrunken, lallt stark und hat sich bereits mehrmals kräftig übergeben. Joe bestellt ein Taxi nach Meran. Es dämmert bereits, als sie in der Villa eintreffen. Josi wirkt irritiert, lässt sich aber sonst nichts anmerken. Die Tür zu Joes Raum ist weit geöffnet und sie sitzen im Dunkeln auf der Terrasse und saufen kräftig Wein. Ab und zu essen sie eine Kleinigkeit. Die beiden hünenhaften Glatzen heißen Volker und Ferdl. Sie sehen fast gleich aus, fast wie Zwillinge. Ferdl hat eine Narbe im Gesicht. Von einer Messerstecherei, sagt er. Daran kann Joe die Beiden gut unterscheiden. Vivian, so heißt die junge zierliche Volltrunkene, liegt schon schlafend, noch angezogen, auf Joes großem Bett. Draußen ist es frisch geworden. Ein kühler Wind weht von den Bergen. Sie tragen den Tisch mit den Weinflaschen in Joes Zimmer, bestellen bei Josi noch zwei Kartons Wein, schließen die Flügeltüren zur Terrasse und ziehen die langen Vorhänge zu. Das riesige Bett ist groß genug für alle. Es gibt aber auch noch zwei Couchen im Zimmer.

Ferdl hat gerade damit begonnen, Vivian auszuziehen. Volker sitzt noch am Tisch und trinkt aus seiner halbvollen Weinflasche. In diesem Moment klopft es an der Tür. Joe öffnet und Josi trägt einen Karton Wein herein. Sie bückt sich und stellt ihn neben den Tisch. Joe greift ihr von hinten zwischen die Beine. Sie fährt erschrocken hoch und blickt Joe entsetzt an. Joe hatte hinter ihr die Tür abgeschlossen und den Schlüssel in seine Hosentasche gesteckt. Sie zieht hastig am Türgriff, aber die Tür bleibt verschlossen. Joe... Sie wehrt sich nicht. Sie flüstert, sie sei noch Jungfrau. Der Gedanke erregt Joe. Er spürt, wie... Joe zieht die nackte Josi auf den Boden herunter. Josi stöhnt leise. Joe... Ihre Haut ist ganz kalt. Joe dreht sie auf den Brauch und... Josi stöhnt. Joe... Josi stöhnt. Joe...

Vivian ist aufgewacht, und der nackte Ferdl... Sie wimmert und stöhnt... Joe will gerade aufstehen und zum Bett gehen, um bei den Beiden mitzumachen, als er spürt, wie er kräftig von hinten umklammert wird. Es ist Volker, der ihm schwer erregt ins rechte Ohr atmet. Volker ist nackt und Joe spürt... Volker reißt Joe zu Boden und umklammert ihn von hinten... Joe ist wie betäubt... Irgendwann...

Josi sitzt neben Joe und Volker auf dem Boden. Joe ist erschöpft, und Ferdl ist aufgestanden. Joe packt Josi und... Sie scheint inzwischen Gefallen daran gefunden zu haben, denn schon bald hört man beide laut stöhnen.

Volker…Vivian…, bis sie ganz laut röchelt und stöhnt. Ferdl…und geht zum Bett, um Vivian…während ihr Volker… Vivian schreit und stöhnt…

Joe wischt sich den Mund ab und legt sich neben Josi auf den Boden. Sie zieht ihn ganz nahe zu sich heran, umklammert ihn und küsst ihn. Joe fährt mit seiner rechten Hand… Josi stöhnt laut und… Josi spürt… Sie dreht sich auf den Bauch. Joe… Josi…und… Joe spürt, wie… Er… Josi schreit, röchelt und stöhnt. Joe… Irgendwann schlafen Joe und Josi vor Erschöpfung nackt auf dem Boden ein.

Die kommenden Tage sind regnerisch. Die Terrasse wird nur selten benutzt. Josi ist oft in Joes Zimmer. Sie hat die sexuelle Lust entdeckt, entwickelt sich immer mehr zu Joes Sklavin. Sie mag es, wenn er ihr Schmerzen zufügt. Das treibt sie in Ekstase, aber sie hat auch Angst, sie könne während oder durch den brutalen Sex sterben.

Josi hat einen jüngeren Bruder. Achtzehneinhalb. Sie glaubt, dass er schwul ist und äußert mehrmals die Vermutung, er würde Joe bestimmt gefallen. Sie sagt, dass er rotblond sei, ganz helle zarte Haut habe, unwahrscheinlich zierlich gebaut sei und bestimmt noch nie mit einem Mädchen geschlafen hat. Joe hat die Vermutung, Josi wolle ihren unschuldigen jüngeren Bruder verführen.

Abends gegen neun Uhr klingelt es am Hauptportal. Es gießt in Strömen. Josis jüngerer Bruder steht mit einem Blumenstrauß vor der Tür. Josi trägt einen Minirock und zehenfreie Stöckelschuhe. Sie hat ihre Finger- und Fußnägel pink lackiert. Sie trägt keinen BH und ein bauchfreies T-Shirt. Ihr schüchterner Bruder tritt ein. Joe nimmt ihm die Blumen ab und stellt sie in eine große Vase in der Eingangshalle.

Sie gehen nach oben in Joes Zimmer. Er nimmt ihrem Bruder seine Jacke ab und hängt sie an die Garderobe, dabei bemerkt Joe, wie verführerisch dieser schüchterne junge Mann duftet. Er ist sehr schlank, hat, wie seine Schwester, außerordentlich weibliche, schmale, zierliche Hände und Füße. Er wirkt sehr schwächlich, ganz hellhäutig und zart, überhaupt nicht muskulös und männlich, eher kindlich, sehr zerbrechlich. Sie setzen sich an den Gartentisch, der noch im Zimmer steht und öffnen eine Flasche Wein. Die Flügeltüren zur Terrasse sind verschlossen und die langen Vorhänge sind zugezogen. Josi hat eine Kerze angezündet.

„Wie heißen sie denn", beginnt Joe die Unterhaltung.

„Ich bin der Hansi", antwortet er schüchtern.

„Wir kennen uns ja noch nicht",

antwortet Joe. „Ich bin Joe. Sollen wir Du zueinander sagen?"

Hansi zögert einen kurzen Moment, bevor er zaghaft „Ja" sagt.

Sie trinken einige Gläser Rotwein. Hansi ist zwischenzeitlich schon kurz eingeschlafen und wirkt vom Alkohol deutlich gezeichnet. Joe geht ins Bad und kommt nackt zurück. Er hat vorher die Eingangstür abgeschlossen. Als Hansi erschrocken seine verschlafenen Augen öffnet, sieht er, wie sich neben ihm seine Schwester gerade Joes…

Joe…Hansi…zieht ihn aus und… Joe merkt, wie er… Joe…dem stöhnenden Hansi… Joe…

Hansi ist erschöpft eingeschlafen und atmet flach. Er ist ganz blass.

Joe liegt auf dem Rücken und Josi…

Ihr Bruder ist aufgewacht. Josi dreht sich…

Joe trinkt ein Glas Wein. Inzwischen stöhnt Hansi ganz laut und… Joe steht auf und legt sich… Hansi schreit und stöhnt weiter, während er seiner Schwester…und während Joe… Joe spürt, wie Hansi… Joe… Joe steht auf und geht unter die Dusche. Wenig später folgt ihm Hansi… Er röchelt und stöhnt, während Joe… Jetzt kommt auch Josi mit unter die Dusche.

Nachdem sie alle geduscht, sich abgetrocknet und wieder angezogen haben, trinken sie noch ein Glas Wein und Josi und ihr Bruder verabschieden sich bald. Es ist weit nach

Mitternacht. Joe raucht auf der regennassen Terrasse eine Zigarette, bevor er hineingeht, die Türen zur Terrasse schließt und die schweren Vorhänge zuzieht. Er will sich gerade ausziehen, um ins Bett zu gehen, als er an seiner Zimmertür ein zaghaftes Klopfen hört. Joe wartet einen Moment, aber als er dieses leise Klopfen erneut hört, geht er zur Tür und öffnet. Klitschnass geregnet steht Hansi vor der Tür und fragt mit flüsternd leiser Stimme, ob er bei Joe übernachten dürfe. Joe nickt und schließt die Zimmertür...

Am nächsten Morgen strahlt über Meran die Sonne und Josi, die Frühaufsteherin, hat bereits auf der Terrasse den Frühstückstisch gedeckt.

Ihr Bruder Hansi ist in den frühen Morgenstunden, nach einer kalten Erfrischungsdusche, doch noch durch den Regen heimgegangen. Joe hat ihm eine Flasche St. Magdalener mit auf den Heimweg gegeben.

Joe trägt sein buntes kurzärmliges Karibikhemd, seine älteste verwaschene Jeans, und sitzt barfuss beim Frühstück auf der Terrasse. Er fühlt sich wie Jack Nicholson in *DIE HEXEN VON EASTWICK*. Ein toller Tag, denkt Joe. Ein Tag zum Eisessen. Er gibt Josi einen langen und intensiven Begrüßungskuss, und die greift Joe sofort von vorne tief in seine Hose.

„Lass uns erst Frühstücken und

dann mit dem Maserati an den Gardasee zum Eisessen fahren."

Josi lächelt verlegen und zieht langsam ihre Hand aus Joes Hose.

Sie holt den Kaffee und die gekochten Eier.

Der Tag verläuft völlig anders, als Joe ihn sich vorgestellt hatte. Es beginnt damit, dass Josis Freundin vorbeikommt. Sie ist jünger als Josi, etwa so alt wie ihr jüngerer Bruder Hansi, und sie ist eine Novizin. Sie ist in Begleitung einer gleichaltrigen Klosterschwester, die bereits ihr Gelübde abgelegt hat, also keine Novizin mehr ist. Beide tragen lange schwarze Gewänder und eine Haube, bei der auch im Sommer nur das Gesicht rausguckt. Beide sind sehr schlank und vom Gesicht her zu urteilen Schönheiten. Joe starrt auf ihre zarten zierlichen Hände. Sie wollen Geld für ihr Kloster sammeln, und Josi lädt sie zum Frühstück ein, und Joe verspricht ihnen zweihundert Euro, wenn sie mit ihnen frühstücken und noch bleiben. Während des Frühstücks kommt Hansi vorbei, der einen sehr schüchternen etwa gleichaltrigen Freund mitbringt. Der Freund sitzt im Rollstuhl. Ein Badeunfall. Er spürt seine Beine noch, und er kann noch etwa hundert Meter ohne Rollstuhl selbst gehen. Alle frühstücken gemeinsam und Josi holt immer wieder frischen Kaffee. Ein kräftiger

Regenschauer führt dazu, dass Joe und Josi den großen Frühstückstisch in Joes Raum tragen müssen. Alle Anderen folgen ihnen schnell, um nicht nass zu werden. Joe wirft Josi und ihrem Bruder einen Blick zu. Sie schließen daraufhin unauffällig die großen Terrassentüren und ziehen die schweren Vorhänge zu. Joe hatte vorher bereits die Tür zu seinem Zimmer verschlossen und den Schlüssel in seine Hosentasche gesteckt. Sie frühstücken gemütlich weiter, und irgendwann muss die junge Nonne zur Toilette. Joe zeigt ihr das Bad, und dann schließt er von innen ab. Die Nonne steht wie versteinert und blickt ihn entsetzt an…

Die Novizin sitzt nackt mit angezogenen Beinen auf dem Sofa und…

In diesem Moment klopft es laut an der Tür. Joe geht hin und öffnet. Die Gräfin, Jacky, Bernd, Paul und die hübsche Empfangsdame sind vorzeitig aus Süditalien zurückgekehrt. Jacky und die Gräfin setzen sich sofort neben die Novizin und ziehen sich aus. Jacky…und die geile Gräfin…bis die Novizin vor Geilheit laut aufschreit. Die hübsche Empfangsdame zieht sich aus und kniet sich vor Joe. Sie…und stöhnt bald laut. Der nackte Paul stürzt sich auf Hansi. Er… Seine gellenden Lustschreie sind im ganzen Haus zu hören.

Der nackte Bernd hat Joe… Joe spürt, wie… Joe spürt…

Jetzt setzt sich Jacky… Bernd…, packt die verdutzte Jacky und…

Die hübsche Empfangsdame bearbeitet gemeinsam mit der Gräfin auf dem Sofa die laut stöhnende Novizin.

Joe steht auf. Er packt die Gräfin und zieht sie vom Sofa auf den Boden. Er spürt ihre… Sie zittert und ist ganz kaltschweißig. Er umklammert sie und… Sie schreit vor Geilheit, und Joe…

Joe geht zum Sofa. Die hübsche Empfangsdame…und…

Joe zieht die Novizin vom Sofa auf den Boden. Joe… Sie stöhnt und zuckt… Er… Dann… Er spürt… Joe… Die Novizin…

Die hübsche Empfangsdame sitzt noch nackt auf dem Sofa und hat begeistert zugesehen. Joe steht auf und… Sie ist… Er zieht sie vom Sofa auf den Boden. Er… Sie stöhnt immer lauter. Joe… Sie schreit und stöhnt…

Jetzt packt jemand Joe brutal von hinten und zieht ihn von der Frau weg. Er umklammert Joe ganz fest und drückt ihn auf den Boden. Der brutale starke Mann… Es ist Paul. Joe… Joe wird kaltschweißig und zittert. Paul röchelt Joe erregt ins rechte Ohr… Joe… Paul… Joe kotzt bis er bewusstlos wird, und Paul…

Jacky liegt mit der Nonne im Bett und… Joe ist wieder bei Bewusstsein und… Er hat wieder…und…der verdutzten

Jacky… Jacky stöhnt laut und Joe… Jetzt packt er die Nonne und… Während er…, greift ihm Jacky…und… Die Nonne stöhnt und…

Der nächste Frühstücksmorgen verläuft erstaunlich. Anders, als es vermutlich alle zu diesem Zeitpunkt erwartet hätten. Die Contessa di Montrivali gibt schon vor dem Frühstück, nachdem sie alle in den großen Salon gerufen hat, eine folgenschwere Entscheidung bekannt. Alle Nichtanwesenden lässt sie durch einen Boten benachrichtigen. Sie gibt bekannt dass sie selbst, Jacky, Bernd und Paul, noch vor dem Frühstück die Villa und Meran dauerhaft verlassen werden, um fortan auf ihrem Gut in Süditalien zu leben. Der Sitz ihrer dämonischen Kirche ist damit ab diesem Zeitpunkt dort. Gleichzeitig erkennt sie, durch Überreichung einer von ihr und anderen hohen Priesterinnen unterzeichneten und besiegelten Urkunde, Joe als höchsten männlichen dämonischen Priester ihrer Kirche an, mit allen geheimen Rechten und Pflichten, und überreicht Joe sehr schweigsam diese Urkunde. Sie erklärt, dass Joe ab sofort die gleiche uneingeschränkte Verfügungs- und Entscheidungsgewalt hat wie sie. Seine Residenz könne Joe nach seinem Belieben, ausgenommen ist ihre Residenz in Süditalien, frei wählen.

Ihr Gepäck wird zur Limousine

gebracht, die vor der Villa wartet. Flughafen Bozen. Dort besteigen sie ihren Privatjet, der sie nach Süditalien fliegt. Sie sind wortlos abgereist.

Joe setzt sich auf die Terrasse, raucht eine Zigarette und trinkt einen doppelten Espresso. Er betrachtet den Weinberg, entschließt sich zu einer Wanderung, will Licht aufnehmen, Gedanken ziehen lassen, er hat einige Antworten gefunden, muss neue Fragen formulieren.

Es ist nicht das Böse. Noch weniger Gutes. ES und ER. Beide bleiben.

Es geht Joe nicht mehr darum, ob er vielleicht ein MÖRDER ist. Er ist vermutlich keiner. Es geht auch nicht um das WARUM. Es geht um den UNSICHTBAREN RAUM. Um die UNSICHTBARE WELT. Um den ANDEREN RAUM. Um die ANDERE WELT. Es geht um ES und ER.

Joe hört laute Schreie, Röcheln und lautes Stöhnen aus dem Dachgeschoss der Villa. Josi hat das Fenster ihres Appartements offen stehen lassen. Es sind verschiedene Stimmen. Offenbar hat sie gerade sehr intensive lustvolle Erlebnisse mit ihrem jüngeren Bruder. Die röchelnde und stöhnende Stimme ordnet Joe dem jungen schüchternen Behinderten, dem Rollstuhlfahrer, zu.

Joe zieht seine Wanderschuhe an, packt einen kleinen Rucksack mit dem

Nötigsten und geht von der Terrasse direkt in den Weinberg, und von dort immer weiter, bis zu einem Waalweg. Den geht er einige Kilometer und biegt dann ins Gebirge ab. Er will weiter oben bis zu einer Alm wandern. Er betrachtet Steine, lässt sie liegen, geht weiter.

Am frühen Nachmittag erreicht er die Alm. Er isst eine Kleinigkeit, trinkt ein Viertel Wein, beobachtet andere Gäste. Am Nebentisch sitzen drei junge Mädchen mit einem jungen Mann. Teenager. Vielleicht achtzehn neunzehn. Sie lachen immer wieder laut, kichern. Offenbar wollen sie Joes Aufmerksamkeit auf sich lenken. Joe bestellt eine große Karaffe Rotwein und setzt sich damit an ihren Tisch. Er lädt sie ein und sie freuen sich darüber. Die Unterhaltung verläuft sehr angeregt. Sie erzählen Joe dass sie in Meran im Krankenhaus arbeiten. Krankenpflegeausbildung. Joe lädt sie ein ihn zu besuchen. Sie wollen vorbeikommen. Joe bleibt noch sitzen nachdem sich die Krankenpflegeschüler verabschiedet haben und weiterwandern.

An einem etwas abgelegenen Tisch sitzen zwei junge Asiatinnen. Sie wirken schüchtern und unterhalten sich kaum. Joe nimmt sein Weinglas und fragt, ob er sich zu ihnen setzen darf. Sie nicken verlegen. Sie sprechen nur Englisch und erzählen, sie seien im Rahmen eines Jugendaustauschprogramms in einer Jugendherberge in Bozen untergebracht. Joe unterhält sich immer angeregter mit ihnen, und irgendwann fragt er sie dann ob sie Lust hätten an diesem Abend seine Gäste zu sein. Er erklärt ihnen, dass er in einer großen Villa wohnt und bietet ihnen auch eine Übernachtungsmöglichkeit an. Es ist Spätnachmittag. Joe schlägt vor seinen Fahrer mit einem Jeep zur Alm zu rufen. Beide wirken etwas unschlüssig. Joe will ihnen Bedenkzeit geben und geht in die Alm zum Zahlen. Als er wieder zu ihnen an den Tisch zurückkommt, sagen sie zu. Sie würden sich sehr freuen, mit ihm Meran kennen zu lernen, meinen sie. Auf Joes Frage, ob sie in ihrer Jugendherberge denn nicht vermisst würden, wenn sie woanders übernachteten, antworten sie ihm, dass dies überhaupt kein Problem sei. Also gut denkt Joe und ruft seinen Fahrer an. Der sagt er kenne einen Forstweg und sei in zwanzig Minuten bei der Alm. Joe bestellt noch eine Karaffe Rotwein, und die beiden asiatischen Schönheiten trinken kräftig mit. Als der Fahrer eintrifft wirken beide schon etwas angeheitert. Die Rückfahrt zur Villa dauert nicht lange.

Die hübsche Empfangsdame zeigt den beiden Neuankömmlingen ihre Zimmer und informiert sie, dass das Abendessen auf der Terrasse, vor Joes Zimmer, serviert würde. Josi, Hansi und sein Freund Seppi, der Rollifahrer, erwarten Joe schon auf der Terrasse. Joe raucht mit ihnen einen Joint und Josi informiert Joe, dass sie eine Nobelfirma damit beauftragt hat, an diesem Abend das Menü und die Getränke auf die Terrasse zu liefern. Es brauche sich so niemand um etwas zu kümmern, da sie auch die Tische usw. aufbauen würden. Joe findet die Idee gut.

Es dämmert und der Catering Service baut auf.

Die Firma organisiert alles, inklusive Bedienung. Es ist sommerlich mild. Alle haben inzwischen Platz genommen und unterhalten sich angeregt. Um die große Terrasse sind flackernde bunte Fackeln aufgestellt. Joe hat die Flügeltüren zu seinem Raum weit geöffnet und eine schwache Beleuchtung angelassen, damit jeder den Weg zum Bad und zur Toilette findet.

Das mehrgängige Menü ist ausgezeichnet, gleiches gilt für die erlesenen Weine und für die anderen Getränke. Die Stimmung wird immer lockerer und ausgelassener. Die beiden Asiatinnen weichen nicht mehr von Joes Seite. Auch eine langbeinige Schönheit aus dem Serviceteam hat ein Auge auf Joe geworfen.

Die hübsche Empfangsdame hat am

Nachmittag einen großen Tisch und ein weiteres Sofa in Joes Zimmer stellen lassen. So können dort mehr Gäste sitzen und trinken.

Als sich die Gelegenheit bietet, fragt Joe die hübsche Dunkelhaarige vom Service, ob sie nach dem Ende des Essens noch bleiben könne, um mit ihm ein Gläschen zu trinken. Sie ist sofort einverstanden. Sie sagt, sie heiße Maria.

Die hübsche Empfangsdame hat am Nachmittag eine Musikanlage in Joes Zimmer stellen lassen. Joe legt einen verträumten Jazz auf und tanzt mit der hübschen Empfangsdame auf der Terrasse. Joe spürt ihre Erregung. Sie atmet schwer.

Als nach dem Essen alles abgebaut ist, bietet Joe Getränke in seinem Raum an. Er lässt weiter Schmusejazz laufen. Die schwache Beleuchtung in einer Ecke des Raumes wird durch Kerzenlicht auf dem langen Tisch ergänzt. Trotzdem bleibt die Beleuchtung in seinem riesigen Raum mehr als schummrig.

Joe tanzt auf der Terrasse mit Maria. Man könnte diese Begegnung auch OHNE WORTE nennen. Sie duftet. Joe berührt mit seiner Nase mehrmals ganz kurz nur ihr Haar. Sie fragt Joe, ob es noch eine weitere Toilette im Haus gibt. Joe geht mit und zeigt sie ihr. Er schließt von innen ab. Sie hat

nichts dagegen. Sie zieht ihren Slip
herunter und setzt sich auf die
Toilettenschüssel. Joe küsst sie,
während er mit seiner linken Hand…

Und jetzt pass auf. Der Joe. Der Jacko. Die Veganossi. Der Emil mit der Cam. Die Daisy mit dem Joker. Der Hubert. Der Elvis. Die Polzerin. Der Jovanni. Der Kopernikus. Der Anton. Der Bozener Friedhof. Und Und Und. Und jetzt kann´s losgehen.

Also. Der Joe ist aus Venedig zurück. Meran. Villa. Klar, oder? Und was ist gleich am ersten Abend passiert? Also die Josi, die hübsche Hausdame, der Bruder von der Josi, der geile schüchterne behinderte Freund vom Bruder von der Josi, der Joe und und und: Sexunfall! Und was jetzt? Klar Sache, sagt der Joe: Der Anton muss her, quasi Entsorgung gegen Entgelt und höchste Geheimhaltungsstufe, quasi Friedhof mit verstreuter Knochentarnung. Klar, oder?

Aber der Jacko, weil der hat die guten nanokleinen Veganossi im Kopf, quasi außerirdische Supervision, und die Vision strahlt auf den Emil, quasi Sherlock und gleich die Cam, und auch die Daisy, und der Hubert gleich den Jovanni mit dem schlauen Kopernikus, und der Emil gleich den Elvis, und der Elvis gleich die Polzerin und und und,

71

und alles um Mitternacht, Geheimoperation Bozener Friedhof, weil der Anton die Frauenleiche im Sack und und und, und jetzt kann´ s losgehen.

Und der Emil natürlich gleich wichtige Fragen, quasi zum Hubert, zur Daisy, zum Jacko und und und, weil die auch. Zum Beispiel Herkunft? Also die Leiche. Hatte die ältere Schwester Zwillinge? War der Vatta beier Bahn? Hatte sie einen Bruder der Ernst Otto hieß? War ihre Omma dement? Hatte ihre Zwillingsschwester ne Hasenscharte? Oder zwei. Und und und. Alles wichtige Fragen, sacht der Emil, weil sowat interessiert den echten Sherlock, und dann kannse nämlich mal kucken, wie dat Ganze auf Einmal abgeht, die ganzen Ermittlungen und dat Alles, quasi die ganzen neuen Erkenntnisse und dat Alles, alter Schwede aber Hallo, und sonne Ideen und sonne perfekte Kooperation, dat unterstützt natürlich voll den Elvis bei seine Ermittlungen und die Elli, und da brauchse dich dann auch nich mehr so stark wundern, wenn trotz die beiden Hauptsätze so schnell wat rauskommt, und bei Sowat sind ja auch Geheimpläne immer ganz wat Wichtiges, und dat Zentrum vonne neue Sherlockstrategie bildet deshalb jetz der Zentralfriedhof in Bozen, aber nur nachts, und da kannse mal kucken, also ich.

Gets musse mal Folgendet beachten,

weil dat total wichtich is für deinn
Sherlockblickwinkel. Also pass auf. Du
läufs mitten inne Nacht mitn
Camcorder, mit ne große Schüppe, mit
zwei Straßenbauspitzhacken, mit zwei
Hunde die mindestens zwanzig
Fremdsprachen können, weil dat Gehirn
von unsichtbare außerirdische Zwerge
kontrolliert wird, und mit fünf
weitere Bekloppte, zwei davon vonne
Bozener Mordkommission, ach so, zwei
große Tausendwattstrahler und dat
riesige Dieselaggregat hasse aufe
Ladefläche aunoch mit dabei, kennse
ja, Ape Dreirad, dat sind die
Zweitaktdinger die immer so laut
knattern, quasi zweihunderter
Vesparoller mitn Verdeck und mit ne
Ladefläche, damit da bloß keine
Langeweile aufkommt, übern Bozener
Friedhof. Viel besser geht dat doch
gar nich mehr, oder? Und jetz musse
dich dat nur noch vorstellen, wat da
gleich alles aufn Friedhof passiert,
alter Schwede, also ich.

13

Bei Vollmond siehst du auf dem Bozener
Friedhof Alles. Besonders um
Mitternacht. Geisterstunde. Du siehst
deine tote Großmutter vorbeihuschen.
Und schwarze Gestalten. Vielleicht
Vampire. Wer weiß? Und Schlangen
huschen über die Gräber. Und
Eidechsen. Und alle möglichen
Krabbeltiere. Und jetzt kuck mal da
vorne. Ich meine das Grab mit dem
verwitterten Engel. Direkt vor der
großen Zypresse. Genau. Jetzt siehst
du sie auch, oder? Die zwei Kerle. Und
direkt vorm Grab steht das
Elektromobil. Und auf der Ladefläche
ist Etwas mit einer Plane zugedeckt.
Bestimmt ein Sarg! Oder was meinst du?
Der eine sitzt im kleinen Bagger und
gräbt. Nach dem Sandhaufen zu urteilen
schon etwas länger. Und da kuck! Jetzt
steigt er aus. Und der Andere ist
gerade in das Grab geklettert und
reicht dem Baggerfahrer einen Sack
heraus. Er bleibt unten im Grab. Der
Baggerfahrer nimmt die Plane runter.
Kein Sarg! Etwas Längliches in Decken
eingehüllt. Der Baggerfahrer hebt es
von der Ladefläche und legt es neben
das Grab. Dann steigt er auch hinein,
und „Scheiße, der Jacko und der
Kopernikus sind verschwunden",

flüstert die Daisy, und der Emil hat alles mit der Cam, aber nur bis zum Daisyflüstern, denn da haben sich alle zur Daisy umgedreht, auch der Emil, weil die Daisy ganz hinten steht. Und als sie sich wieder umdrehen ist alles schon gelaufen. Der Baggerfahrer hat schon wieder zugeschaufelt, und der andere Kerl bepflanzt das Grab. Und was ist mit der Ladefläche vom Friedhofselektromobil? Kann man schlecht beurteilen. Vielleicht liegt noch Etwas unter der zusammengeschobenen Plane. Auf jeden Fall steigt der andere Kerl jetzt ins Elektromobil und fährt Richtung Leichenhalle, und der Baggerfahrer fährt mit dem kleinen Bagger hinterher. „Gut, dat wir dat Dreirad mit die Strahler und dat andere Zeug vorn Friedhof gelassen haben. Weil mit unsere Feldstecher und ich mit meinn Tele hamn die uns auf sonne Entfernung überhaupt nich bemerkt. Blöd is nur dat ich dat Wichtigste nich drauf hab, weil als ich mich wieder umgedreht hab, warn die ja schon mit Zuschaufeln feddich." „Macht nichts, Emil. Zweiter Hauptsatz! Morgen kommen die Polzerin und ich mit der gerichtlichen Verfügung. Und dann wird ausgegraben."
Die beiden Kerle sind verschwunden. Zeit nach Hause bzw. zurück nach Vilpian zu fahren.

14 Geisterstunde…

Jetzt was ist passiert mit dem Jacko und dem Kopernikus, während die beiden Friedhofskerle auf dem Bozener Friedhof um Mitternacht das alte Grab auf- und zu?

Also pass auf. Sprechende Hunde, und wenn die dann auch noch die Veganossi im Kopf, haben besondere. Und da siehst du, was die Veganossi im Kopf ausmachen, quasi Röntgenblick und Superkraft für die Leiche, und dann folgt der Edgar Allen Poe: Die Leiche bewegt sich, die Leiche wird wach, die Leiche jammert. Und da hast du es, wie schnell, und genau rechtzeitig, ein Jacko und ein Dackel von Baskerville, weil die die guten außerirdischen nanokleinen Veganossi im Kopf, um Mitternacht wühlen können. Und siehst du, das ist die Auferstehung. Nackt, aber lebendig. Und dann leuchten die Augen vom Jacko und vom Kopernikus, und die Geisterschatten huschen vorbei, und aus der alten Gruft hörst du das Wimmern, und Knochenmänner klappern ganz knöchern mit ihren Knochen über den mitternächtlichen Friedhof, und der Jacko und der Kopernikus und die Mary, so heißt nämlich die nackte Auferstandene, sitzen auf dem Grab vor dem verwitterten Engel, und gleich noch ein Veganossiwunder: Und buff!, schon hängen die Kleidung und die Schuhe und und und für die auferstandene Mary am verwitterten Engel, quasi Aschenputtel von Baskerville, und da hast du es, das sind die nanokleinen guten außerirdischen Veganossi, neue Sachen zum Anziehen nach Auferstehung, neuer Pass, neuer Führerschein, prallvolle Geldbörse, knallrote Haare und mindestens zwanzig Fremdsprachen, eher noch mehr, die Mary der Jacko der Kopernikus, und kurzes gemeinsames Flüstergespräch, und dann nix wie weg vom Bozener Spukfriedhof, und jetzt kann´s losgehen.

15 Und schon wieder Knochen…

Da hat der Elvis ganz schön, und die Polzerin, aber all zu lange hat das Staunen dann doch nicht, weil nach dem Bozener Friedhof um Mitternacht sagt der Sherlock im Kopf vom Elvis: Klarer Fall!

Und jetzt was ist passiert? Also pass auf. Hinter der Kirche in Vilpian, quasi beim Friedhof: Große Plastiktüte! Und was ist drin? Klar, oder? Menschenknochen! Und der Emil hat sie gefunden, und alles gleich mit der Cam, und der Emil gleich die Daisy und den Hubert und den Jovanni und den Elvis mit dem Handy, und der Elvis gleich: Erster und Zweiter Hauptsatz!, und der Elvis sofort die Polzerin mit dem Handy, und dann sofort Großeinsatz mit Tatütata in Vilpian, und jetzt kann´ s losgehen.

Die Knochentüte ist schnell untersucht, weil der Scanner und der Computer gemeinsam im Kommissariat in Bozen, quasi Ergebnis: Hundertjährige Bauernoma vom Ritten, und schon über dreißig Jahre tot. Also klarer Fall, sagt der Elvis. „Im Grab der Oma liegt eine andere Leiche! Polzerin, mit Alarm auf den Friedhof, und Vorsicht die Presse." Aber die Presse hat schon längst, denk mal der Emil mit der Cam, weil die Hunde mit der Mary gleich nach Vilpian sind, und von da hat sie der Pensionswirt nach Mölten zu einem Freund auf den Bauernhof gebracht: Sicheres Versteck für die Mary!, und der Jacko und der Kopernikus sind auch mitgefahren.

Und jetzt pass auf. Der Elvis und die Polzerin haben dienstlichen Besuch aus Venedig. Und jetzt rat mal wer. Der Kommissar Minetti! Und der ist natürlich gleich mit auf den Friedhof, und als die Friedhofsarbeiter das Grab geöffnet haben gibt's die große Überraschung: Das Grab ist leer! Und der Sherlock im Elviskopf natürlich gleich: Kombiniere…, und der Kommissar Minetti ist ja auch nicht grundlos aus Venedig angereist, also der Elvis: „Polzerin, fahr doch bitte mit dem Kollegen Minetti nach Meran. Du weißt schon. Der Psychiater! Und immer locker bleiben. Zweiter Hauptsatz! Klar, oder?"

16Joe...

Woher hat der Emil? Die Polzerin?
Pressegeheimnis! Jedenfalls hat der
Emil die Kopie vom Kommissarbericht.
Der Kommissar Minetti hat schon viele
Jahre den Joe. Quasi Abhörprotokolle
und und und. Und jetzt kommt´ s. Die
„Singenden Kinder"! So heißt die
schwarzmagische Sekte. Die Sekte wurde
durch abtrünnige Templerinnen um den
Tempelritterkomtur Hubertus Koch auf
dem Rückweg aus Palästina in
Süditalien gegründet. Und jetzt denk
mal die Gräfin, und der Joe, und die
Jacky, und der Bernd, und der Paul,
und der Gewaltsex, und die
Ritualmorde, und und und. Die glauben,
wenn sie Säuglinge einer Untoten am
Tag der heiligen Lucia, um Mitternacht
auf den dreizehnten Dezember, in einer
ganz bestimmten Gruft einer
verlassenen süditalienischen Abtei
töten, können sie SelbstmörderInnen
aus dem Jenseits als untote
Sektenmitglieder zurückholen. Alter
Schwede, also ich.
Und jetzt was liest der Emil der
Daisy und dem Hubert vor und höchste
Geheimhaltungsstufe: Den wichtigsten
Teil vom Bericht vom Kommissar
Minetti...
Also pass auf: Der Joe steht unter

dem erlösenden Wasserschwall seiner Dusche. Er zieht danach seine verwaschene Lieblingsjeans und ein schwarzes T-Shirt an.

Seinen großen Rucksack spürt er kaum. Er wandert durch das nächtliche Meran. Irgendwohin. An den Stadtrand. Und noch weiter hinaus. Er wandert weiter. Einfach nur weiter.

Er will es jetzt suchen. Will seine Fragen mit seinen Antworten löschen. Joe will sein inneres Saxophon zurück. Er will es erlösen. Es so lange reinigen, bis sein Klang ihn anstrahlt.

Sie nennen ihn Joe den Frauenmörder. Sie hatten ihn weggesperrt, hatten ihn mit ihren teuflischen Drogen immer gefügiger gemacht, hatten seine Gedanken gestohlen, seine Erinnerung. Nur fragmentarische Träume besuchten ihn regelmäßig. Italien. Slowenien. Kroatien. Es war die geträumte Erinnerung. Keine Träume. Es hatte sich alles ereignet. Joe war es. Seine Wege. Joe, der Psychiater. Der, der den Blues hat und ihn anderen gibt.

Sie haben ihn nachts aus der Geschlossenen, der forensischen Psychiatrie, befreit und ihn danach vergewaltigt. Sie nannten ihn ihren Sklaven. Ihren willfährigen Diener ihrer dämonischen Kirche. Und doch hatten sie Joe nichts entgegenzusetzen. Er war der gewaltigste, der gewalttätigste, der unübertrefflichste Sadist und Masochist. Die Gräfin, die höchste Priesterin, die Herrscherin, war entsetzt vor ihm zurückgewichen, musste ihr Reich gar mit Joe teilen, ernannte ihn zum gleichberechtigten Herrscher über ihr dämonisches Reich, über ihre dämonische Kirche.

Joe hat seinen Drachen herausgewürgt. Er spürt, wie er leise hinter ihm her schleicht. Er spürt, wie er ihn arglistig belauert. Joe spürt, wie er seine Schritte zählt, um hinter jeden einzelnen Schritt Joes den seinen präzise setzen zu können.

Joe ist aufgebrochen.

Er nimmt den Bus nach Bozen und steigt am Hauptbahnhof aus. Sie fragt ihn nach der Uhrzeit. Wahrscheinlich wollte sie Joe einfach nur Irgendetwas fragen. Ihn ansprechen. Ihn auf sich aufmerksam machen. Joe trägt ja keine Uhr.

Joe bucht für sich ein Schlafwagenabteil nach Venedig. Er trifft sie im Bistrowaggon wieder. Joe trinkt einen Espresso. „Ich bin die Karin. Und du?" „Joe!" „Wohin fährst du, Joe?" „Nach Venedig." „Ah, Venedig. Da haben wir das gleiche Fahrziel." „Machst du Urlaub in Venedig?" „Teils, teils, Joe." „Ich studiere Kunstgeschichte und möchte mir dort einiges anschauen."

Joes Schlafwagenabteil ist nicht

sehr geräumig. Er bestellt beim Zugschaffner eine Flasche Prosecco und zwei Gläser. Karin kommt aus der engen Dusche. Sie ist klein und sehr schlank. Ihr kindliches Äußeres unterstreicht ihre anmutige Schönheit. Joe erntet die köstliche Frucht, während sie sich erregt von ihm ernten lässt.

Gegen neun Uhr erreichen sie den Bahnhof von Venedig. Joe will Karin loswerden. Er hat sich, als sie unter der Dusche steht, mit seinem Rucksack leise aus dem Abteil geschlichen und ist dann schnell durch mehrere Waggons hindurchgelaufen. Im Bahnhof von Venedig verschwindet er in der Menschenmenge.

Joe nimmt sich ein Zimmer in einem kleinen Hotel. Es liegt etwas abseits der großen Touristenströme, in einer schmalen Seitengasse. Parterre führen die Hotelbesitzer noch ein kleines Restaurant. Ein echter Familienbetrieb.

Die rassige Hotelbesitzerin und ihre noch sehr junge hübsche Tochter haben schon bald ein Auge auf Joe geworfen. Der ältere Bruder ist der Küchenchef und zaubert jedes Mal neue kulinarische Überraschungen auf Joes Teller. Einen Vater gibt es nicht mehr. Er ist vor Jahren auf mysteriöse Weise mit seinem Boot in der Lagune verschwunden. Ertrunken. Das Boot wurde erst nach Wochen gefunden. Seine

Kajüte, in der sie seine verweste Leiche fanden, war verschlossen. Es wurde vermutet, dass dunkle Machenschaften ihre Finger mit im Spiel hatten.

Sie bringt Joe sein Frühstück. Durch die geöffneten Balkontüren dringt die Musik des Wassers, der alten Palazzi und der engen Gasse vor ihrem Hotel. Menschen reden, kommen, werden wieder leiser, entfernen sich. Echo. Immer wieder dumpfe Schritte. Laute Stimmen und das Platschen des Wassers. Des vorbeiziehenden Kanals. Der Boote. Unterschiedlich tuckernde Motorengeräusche garnieren den morbiden Duft dieser modernen Stadt.

Sie hat sich wortlos ausgezogen. Sie sprechen nicht. Nur diese Geräusche. Röcheln und Stöhnen. Sie ist sehr jung und Joe spürt die Enge ihrer Räume, ihre geilen Gedanken, ihre Schmerzen. Er zwängt sich hinein, immer weiter vorwärts, scheinbar ziellos. Sie vertiefen sich wortlos, bestimmen ihren Gesang. Sie übergießen sich mit ihrem Wasser, mit ihrer triefenden Lust, immer mehr und immer noch, eingedrungen und immer noch eindringend, wie diese Stadt in das Mittelmeer eingedrungen ist, in die Lagune, und das Meer und die Lagune in die Stadt eindringen, immer noch und immer mehr.

„Gianna!" „Bitte noch mal. Was meintest du?" Joe hat nicht richtig

84

zugehört, hat sie nicht genau verstanden. Diese Geräusche. Gefühle. Und diese unglaubliche junge Frau. Ihr Duft. Sein eigener. Der des Zimmers. Und durch die offenen Balkontüren der Duft dieser unendlichen Stadt. Venedig. Sie haben bisher nicht gesprochen. „Gianna! Ich heiße Gianna." „Entschuldige! Jetzt! Ich bin der Joe." Sie schauen sich einen Moment lang wortlos an. Es ist keine Verlegenheit, keine erneut aufkeimende Lust, eher irgendein anderes Gefühl, mehr. Sie duschen und frühstücken gemeinsam. „Ich bin ein Frauenmörder! Ein Psychiater und Frauenschlächter. Jedenfalls behaupten das einige." „Ach ja. Frauenschlächter. Und sonst? Was läuft bei dir sonst noch so, Joe?" „Ich bin auf der Flucht. Und auf der Suche." „Und was bist du mehr? Ich meine was am meisten, Joe?" „Suche! Eindeutig Suche. Ich denke, das Thema Flucht ist vorerst erledigt. Nicht mehr so wichtig."

Der Espresso durchzieht Joe. Er erweitert mit seiner ausgesprochenen Köstlichkeit sein südliches Bewusstsein. Gedankenspiele. Lichtspiele im Raum. Ihre Anmut. Und ER. Joe raucht gedankenversunken, schlürft den Espresso. Sie scheint ihn mit ihren dunkelbraunen Augen für sich zu malen. Schweigsam. Ebenfalls rauchend.

Die ältere Dame nähert sich ganz

langsam, schrittweise, bevor sie sich nach kurzem Gruß und der obligaten Frage, ob noch ein Platz frei sei, zu ihnen an den kleinen Tisch vor der Bar setzt. Gianna studiert Kunst und Architektur und arbeitet nebenbei in dem kleinen Hotel. Sie will Joe Venedig zeigen. Joe beabsichtigt ein Haus zu kaufen. Einen kleinen Palazzo, auch wenn er renovierungsbedürftig wäre. Joe liebt alte Häuser. Sie haben diese besondere Sprache. Dieses hintergründige, manchmal unheimliche Flüstern. Gianna ist von Joes Ansinnen begeistert und verspricht ihm ihre engagierte Unterstützung. Gianna und Joe sind gerade sehr in eine kunstgeschichtliche Diskussion vertieft, als sich die ältere Dame zu ihnen setzt.

Joe spürt etwas. Etwas Eisiges, Düsteres, zieht von der älteren Dame genau in seine Richtung. Sie ist gutaussehend, modisch gekleidet, mit der unaufdringlichen Noblesse einer vermögenden reifen Venezianerin, vielleicht adelig, eine echte Dame. Sie trinkt einen Weißwein und raucht Zigarillo. Nachdem sie Joe eine Zeit lang aufmerksam beobachtet hat, fragt sie ihn unvermittelt, ob er ein Haus suche. Gianna hält verdutzt inne. „Sie haben hier meine Adresse. Bitte besuchen sie mich doch heute Abend. Aber kommen sie bitte allein." Sie gibt Joe ihre Karte, zahlt und geht.

Gianna ist empört und schimpft ihr lautstark hinterher. Joe steckt die Karte ein. Er wird hingehen, sagt er Gianna, die sich daraufhin erbost von Joe verabschiedet. Joe trinkt noch einen weiteren Espresso, raucht und beobachtet den belebten Platz vor der Bar.

Sie trägt ein schwarzes eng anliegendes Seidenkleid. Ihre rot lackierten Zehennägel betonen ihre schlanken zierlichen Füße in den hochhackigen zehenfreien schwarzen Sommerpumps. Sie streckt Joe ihre zierliche Hand mit den rot lackierten Fingernägeln entgegen, und nach einem Handkuss führt sie Joe in einen kleinen Saal mit einem offenen Kamin. Wertvolle alte Teppiche bedecken den Marmorboden. Im Kamin prasselt ein Feuer, und auf einem langen festlich gedeckten Holztisch steht, neben diversen Antipasti, Brot und Früchten, der bereits dekantierte Rotwein. Sie lächelt herausfordernd und bittet Joe Platz zu nehmen, während sie ihnen Wein eingießt. Joe spürt IHN. ER…und ES.

Sie erhebt ihr Glas und prostet Joe zu. ER steht auf. ER geht ganz langsam auf sie zu. Bis er hinter ihrem Stuhl steht. ER fühlt, wie sie ängstlich zittert. ER…

Sie wusste nicht, wie lange sie dort lag. Sie spürte keine Schmerzen mehr und zitterte am ganzen Körper. Ihre Haut war eiskalt, doch sie fror nicht. Sie war nackt und überall mit blutigem Kot beschmiert...

ER hatte offensichtlich geglaubt, sie sei tot und hatte dann von ihr abgelassen. ER hatte sie einfach so liegen lassen.

Joe trinkt seinen Espresso. Der Mann mit dem grauen Anzug und den grauen Haaren hat sich zu ihm gesetzt. *LADY SINGS THE BLUES*... Joe hat dieses Lied eine Ewigkeit nicht mehr gehört. Sie singt in seinem Kopf. Joe schweigt. Lauscht. Irgendwann dann: „Kommissar Minetti von der Mordkommission. Verbringen sie ihren Urlaub in Venedig, oder besuchen sie uns aus geschäftlichen Gründen?" „Nein Kommissar, weder noch. Ich bin einfach gerade in Venedig. Ohne besonderen Anlass." Das Lied ist verschwunden. Stumm. Auch der Kommissar schweigt. Er mustert Joe, bevor er aufsteht und wortlos geht. Joe bestellt einen weiteren Espresso. Raucht.

17 Die Jagd beginnt...

Du wirst fragen die Jagd: Welche?, wen
keine Frage, den Joe, aber wer den
Joe, der Minetti, oder der Sanin, oder
der Sanin und der Minetti und die
Polzerin, oder der Emil und die Daisy
und der Hubert und der Jovanni und die
schlauen Hunde mit den außerirdischen
guten nanokleinen Veganossi im Kopf
und und und, und ganz große Frage: Die
auferstandene Mary?

Pass auf. Jetzt denk mal die
nanokleinen guten Veganossi, und die
haben dem Jacko und dem Kopernikus,
quasi Achtung Achtung, Veganossi an
Gehirn, und das hört sich gar nicht
gut an, quasi Alarm Alarm, denn ihr
kleines Ufo ist aus dem Pensionskeller
in Vilpian verschwunden, und dafür
gibt es nur eine: Die nanokleinen
außerirdischen bösen Veganossi, und
die sind mit dem Bart, so heißt
nämlich ihr schwarzes kleines
hässliches Ufo, irgendwo in Vilpian
gelandet, und dann Ufo aus dem Keller
und nix wie weg, aber wohin, und das
kann nur einen: Besuch beim Joe!, und
jetzt kann´s losgehen.

Du wirst sagen Poltergeister, und
davon gibt´s ja genug, ich sag´s
dir, und nach Mitternacht auch ganz
normal, besonders wenn die Fenster,

aber auch wenn die offen stehen, so lautes Gejaule und Poltern und Heulen, also ich, das glaubt dir nämlich keiner, und die Hunde mit der Mary: Volle Deckung im Weinberg, und der Emil mit der Cam im Park und die Daisy und der Hubert und der Jovanni: Natürlich auch volle Deckung, und dann kommen die Störenfriede, der Sanin und der Minetti und die Polzerin und und und, also die Carabinieri und mit Vollgas und mit Blaulicht und und und, und dann hat das Schreien und Poltern schlagartig, und als die mit ihren Maschinenpistolen die Villa, da finden sie außer ein paar vollgeschissenen Teppichen und blutbeschmierten Bettlaken nämlich gar nichts, und der Elvis zum Minetti und zur Polzerin „Kombiniere, die Zeiserl sind ausgeflogen!", und wie Recht der Elvis hat, und warum?, klare Sache: Die nanokleinen bösen Veganossi!, und wer die im Kopf hat, so wie der Joe und und und, der kann sich nanoklein machen und hat den vollen *Joker*, quasi das Grinsen vom Jack Nicholson im Batmanfilm, und dann rein in den Bart und nix wie weg, und LMA und HABE DIE EHRE.

18 Bibione und Venedig

„Dat wiert n langer Herbsturlaub, Emil. Aba wat sollt. Dat der Hubert ja jetz auch inne Rente is, dat macht dat ganze ja sowieso viel einfacher. Un mit unsere zwei Lehrerpensionen geht dat ja sowieso ganz gut. Da könntesse auch mal n Jahr wegbleiben ohne dat da wat Großes passiert. Hauptsache is ja immer dat der Hund dat auch mitmacht, aba sonst. Un is ja auch schön hier. Gut, dat mit die ganzen Leichen dieses Jahr, dat is natürlich nich so, aba sonst. Und gets sinn wa ja auch schon wieda anne Adria, wo wa ja sonst ers nächstet Jahr ers wieda hin wären. Aba is doch auch mal wat Schönes, so inn Herbst, bloß dat mit den Nebel, aba sonst. Un hier in Bibione kennse ja sowieso fast alle, dat is ja schon unser zweite Heimat, so oft wie wa schon hier warn, oder wat sachs du, Hubert, und alle so hielfsbereit un so freundlich, also dat is Bibione, da fahrn wa ja immer wieda gerne hin, oder wat meins du, Hubert, un jetz ham wa ja auch noch dat ganze Abenteuer mit die ganzen geheimen Ermittlungen und die Reportage und den Film vom Emil mit dabei, und dann fahrn wa morgen alle von hier au noch mit dat Polizeiboot inne Lagune von Venedig rum, dat wierd bestimmt toll, oder wat meins du, Emil, kuck den Jacko und den Kopernikus an, wat die sich schon freun, und der Kommissar Minetti kennt sich ja total gut aus in Venedig, und dann hadda ja au noch die Elli und den Elvis mit dabei, dat muss dann ja wat wern, oder wat meint ihr, und der Mary kann ja au nix mehr passieren, die hamm se ja irgendwo in Sicherheit gebracht. Aber jetz gehn wa ers mal inne Pizzaria, oder wat meint ihr. Sonne schöne große Meeresfrüchte un denn den einn Weißwein von letztet Jahr, dat wär do wat, oder?"

19 Wenn die Gondeln...

Der Morgennebel kriecht über die Lagune. Seine undurchsichtigen Schleier verhüllen die Inseln. Ab und zu ragt etwas empor. Eine verschleierte Zypresse. Der Hauch eines Hauses. Eine milchige Kirchturmspitze. Aus dem Nebel tauchen Boote auf, um im gleichen Moment wieder darin zu verschwinden. Es riecht nach Schiffsdiesels. Funksprüche. Sonnenaufgang am Horizont. Venedig. Canal Grande. Der Nebel reißt auf und gibt den Blick frei. Emil filmt. Die Hunde schlafen. Daisy und Hubert schweigen. Jovanni unterhält sich mit dem Schiffsführer. Der Elvis unterhält sich mit der Polzerin. Und der Kommissar Minetti meint, kurz nachdem der Schiffsführer vom Canal Grande in den schmalen Seitenkanal eingebogen ist: „Der Tod holt dich wie ein entgegenfauchendes Feuer. Zuerst wirst du blind. Dann schreist du vor Schmerzen. Und irgendwann stirbst du dann." Der Emil wirkt etwas irritiert, filmt aber weiter, und die anderen haben wohl nicht zugehört, denn die Daisy sagt zum Hubert: „Lach nich zu laut, aber dat muss dann du wissen." Der Hubert wirkt auch etwas irritiert, gibt aber keine Antwort. Die Hunde sind aufgewacht. Das Boot legt vor einem baufällig wirkenden Haus an, das Fundament ist bröckelig, und das Wasser platscht gegen die angenagten Ziegel. Ein kleines Hotel, wie sich bald herausstellt, einfache aber gemütliche Zimmer, ein hauseigenes Restaurant, dahinter ein gepflegter kleiner mediterraner Garten mit Tischen und Stühlen. Während der Emil, der Jovanni, die Daisy und der Hubert mit ihren Hunden ihre Zimmer beziehen, fahren die Kommissare mit dem Boot zum Präsidium, und dort erfährt Kommissar Minetti, dass die Baronesse, also die, die der Joe fast, spurlos verschwunden ist. Eine Leiche wurde trotz intensiver Suche nicht gefunden. Warum und wohin ist sie verschwunden, und was steckt dahinter? Auch von Joe keine Spur. Ist er überhaupt in Venedig? Viele Fragen und keine Antworten.

Am nächsten Morgen passiert in der Lagune ein Schiffsunglück. Eine Jacht ist im dichten Neben mit einer Fähre kollidiert und sofort gesunken. Merkwürdig nur, dass weder Schiffbrüchige der Jacht gesichtet, noch an Bord der Fähre genommen wurden, und die Taucher stellen fest: Keine Toten an Bord der Jacht, die Jacht ist leer. Die Fähre wurde zwar beschädigt, kann ihre Fahrt aber fortsetzen. Keine Toten oder

Verletzte. Die Wasserschutzpolizei stellt anhand der Angaben der Taucher fest, dass die gesunkene Jacht ihren Heimathafen in Pescara hat und auf einen gewissen Goric, ein slowenischer Bauunternehmer, registriert ist. Soweit so gut. Aber wo sind die Passagiere der Jacht?

Und jetzt pass auf. Problem! Die nanokleinen Veganossi sind verschwunden. Um die böse Sorte wär´ s ja nicht schade, aber die Guten sind auch gleich mit. Raus aus den Hundeköpfen und weg. Einfach so. Selbstverständlich haben sie dadurch bei ihren tierischen Wirten ein erhebliches Intelligenzdefizit hinterlassen, quasi Sprechen Lesen und Schreiben Grundrechenarten schon noch, aber Jumbojetpilot spielen, Hubschrauber fliegen können, die dritte Ableitung im Kopf ohne Hilfsmittel ausrechnen können und und und, nicht mehr, und der schöne rote Pelz ist beim Jacko und beim Kopernikus einem struppigen kurzhaarigen Hundepelz gewichen, und so was ist richtig übel, besonders in der augenblicklichen Lage, das kannst du mir glauben, und da bleibt nur eine echte Hoffnung für den weiteren Verlauf: Der Sherlockinstinkt vom Emil!

Der Emil hat eine geniale: Rollenspiel!, und jeder getarnt in einem Job, also der Emil Losverkäufer, die Daisy Bedienung, der Hubert Nachtwächter im Krankenhaus, der Elvis Käseverkäufer auf dem Markt, die Polzerin Tabledancerin, die Hunde Hunde, nur der Minetti ist und bleibt der Kommissar, und der Jovanni bleibt der Apotheker, und jetzt kann´ s losgehen.